수상탑의 살인

수상탭의 살인

김영민 장편소설

아프로스
ⓒ미디어

차례

우리의 집이 불타고 있다. 나는 여러분이 공황 상태가 되기를 원한다. 나는 여러분이 내가 매일 느끼는 공포를 느끼기를 원한다.

-그레타 툰베리(기후 활동가)-

등장인물

박종호 수상탑의 주인

홍가온 박종호의 딸

이승희 박종호의 여자 친구

정강식 기후 환경 운동가

유효상 건축가

김상욱 사업가

석승준 도시공학과 교수

박규리 석승준 교수 밑의 대학원생

태용제 음모론자

김서연 입자물리학 교수

한규현 김서연 교수 밑의 대학원생

프롤로그

방글라데시 치타공주의 동부 지역인 힐 트랙스(Chittagong Hill Tracts)의 행정구 중 하나인 산악 지역의 랑가마티(Rangamati). 무장 충돌과 각종 분쟁이 빈번하며 세계의 모든 도시 중 살인 범죄율이 1위에 달하는 이곳에 사상 최악의 폭우가 내리기 시작했다.

　현지에서 '똣니'라는 애칭으로 불리는 열세 살 소녀는 학교에서 수업을 듣고 있었다. 흙으로만 만들어진 산꼭대기의 간이 학교였다. 폭우로 인한 빗소리 때문에 선생님의 목소리가 잘 들리지 않을 정도였다. 교실은 창문이라고 하기엔 민망한 구멍이 벽에 커다랗게 나 있었는데, 그곳을 통해 교실 안으로 엄청난 양의 빗물과 바람이 들어왔다. 바람 때문에 안 그래도 낡은 책상이 금방이라도 무너질 듯 끼익하는 소리를 내며 흔들렸고 책도 비에 젖은 데다 바람에 날아가기 일쑤였다. 흙으로 된 교실 바닥은 진흙탕이 되기 직전이었다.

라냐라는 이름의 소녀가 손을 들고 울먹이는 목소리로 말했다.

"선생님, 저 가족이 너무 걱정돼요. 지난번에도 비가 너무 많이 와서 집이 통째로 물에 잠겼단 말이에요."

결국 라냐는 울음을 터트렸다. 곧바로 라냐의 울음소리를 가릴 정도로 크고 거센 비바람 소리가 났다. 똣니를 포함한 아이들은 크게 동요했다. 여기저기 울먹이는 아이도 있었다. 갑자기 천장에서 빗방울이 뚝뚝 떨어지기 시작했다. 똣니는 고개를 들어 천장을 바라보았다. 비가 새고 있는 건가.

선생님은 난감한 듯 머리를 긁적였다.

"그럼 오늘은 수업을 일찍 끝내도록 하자."

그때 똣니가 황급히 손을 들었다.

"선생님, 마지막 설명이 이해가 안 가요. 한 번만 더 알려 줄 수 있으세요?"

똣니는 평소에도 반에서 가장 공부를 열심히, 또 잘하는 아이였다. 선생님은 그런 똣니의 요청을 무시할 수 없어 추가 설명을 이어 갔다. 그러던 도중 천장에서 흙더미가 우수수 떨어지기 시작했다. 선생님은 황급히 책을 정리했다.

"똣니야, 나머지 설명은 다음에 할게. 얘들아, 어서 나가자."

그때였다. 우르릉하는 소리와 함께 땅이 크게 흔들렸다. 그와 동시에 천장과 외벽이 무너져 내리기 시작했다. 교실의 뒷문과 가까운 자리에 앉아 있었던 똣니는 재빨리 도망쳐 가까스로 화를 면했지만 선생님과 친구들 아홉 명은 똣니의 눈앞에서 순식간에 무너진 건물 잔해에 깔려 버렸다. 아마 즉사했거나 얼마 안 가 모두 죽으리라.

"내가…… 내가 괜히 질문을 하는 바람에 모두가 죽어 버렸어……."

똣니가 울먹이며 중얼거렸다. 아끼는 사람들을 잔해 속에 방치한 채 빠져나가는 행동은 평소 똣니의 착한 행실을 생각하면 상상하기 어렵다. 하지만 지금의 똣니에겐 그런 자질구레한 것보다 생존 본능이 우선이었다.

하늘에서 날카로운 빛이 번쩍이더니 고막이 찢어질 듯한 천둥소리가 들렸다. 똣니가 평소 듣던, 반정부 무장 단체들이 쏘는 총소리보다 훨씬 컸다. 차라리 총소리를 듣는 게 낫겠다고 똣니는 생각했다. 똣니는 길이 아닌 곳을 통해 산비탈을 내려갔다. 애초에 길과 길이 아닌 곳이 구분이 가지 않았다. 발밑의 흙이 금방이라도 무너질 것만 같았다. 똣니의 옆으로 크고 작은 돌이 굴러 내려갔다. 정신없이 내려가던 똣니가 나뭇가지에 걸려 넘어졌다. 하늘색의 체크무늬 교복 치마가 찢어졌다. 한국에서 자신을 후원하는 언니가 선물해 준 교복이었다. 흙이 잔뜩 묻어 이제 더 이상 하늘색으로는 보기 힘들었다.

"언니……."

똣니는 언니의 얼굴을 떠올렸다. 다른 후원과 달리 똣니는 자신이 직접 후원자의 사진을 보며 후원자를 고를 수 있었다. 삶에서 선택의 기회가 거의 없는 아이들에게 그것은 커다란 선물이었다. 똣니는 언니의 사진을 보자마자 마음을 정했다. 활짝 웃는 언니의 오른쪽 볼의 보조개가 자신과 똑 닮아 있었다. 똣니는 언니와 지속적으로 편지를 주고받았다. 언니는 굉장히 똑똑한 듯했다. 너무 똑똑해서 뉴스에도 나온다고 했다. 똣니는 언니처럼 크고 싶었다. 그래서 한국으로 가 꼭 언니를 만나고 싶었다. 똣니의 가족은 무장 세력이 설치한 지뢰를 밟고 모두 죽었다. 어쩔 수 없이 옆집에 빌붙어 살게 된 똣니는 늘 외로웠다. 똣니에게 가족 같은 존재는 언니뿐이었다. 그런 똣니의 희망이 산산조각 나기 직전이었다.

똣니는 간신히 산을 빠져나왔다. 거친 흙길은 완전히 진흙과 흙탕물이 되어 있었다. 내딛는 족족 발이 빠져 걷기가 힘들었다. 앞이 보이지 않는 데다 숨쉬기 힘들 정도로 비가 많이 오기 시작했다. 이 지역은 원래 비가 많이 오는 곳이라 폭우에는 익숙했다. 하지만 오늘은 달랐다. 아무리 적게 잡아도 평소의 최고 강수량의 열 배는 쏟아지는 듯했다. 똣니는 지구 과학에 대해선 아무것도 몰랐지만 날씨가 크게 잘못됐다고 느꼈다.

그때 빗속을 뚫고 천지가 흔들리는 듯한 굉음이 들렸다. 똣니는 자신이 내려온 산 쪽을 쳐다보았다. 흙더미와 나무, 커다란 바위가 파도처럼 내려오고 있었다. 산사태다! 똣니는 마음이 다급해졌다. 이대로라면 산사태는 똣니가 서 있는 길을 덮칠 게 뻔했다. 하지만 똣니의 발은 무거울 대로 무거워져 있었다. 낡은 신발 안은 흙으로 가득 찼다. 아까 넘어졌을 때 발목을 삔 모양인지 걸을 때마다 통증이 발걸음을 붙잡았다. 결국 똣니는 그 자리에 주저앉고 말았다.

"언니…… 이번 달은 편지를 못 쓸 것 같아……."

곧바로 엄청난 양의 흙더미가 똣니를 덮쳤다. 똣니의 모습은 온데간데없이 토사 속으로 사라졌다.

제1장 이끼 지구

2년 전 우리나라를 덮친 사상 최악의 태풍 '이끼'의 여파는 아직도 남아 있었다.

　서울에서 차를 타고 다섯 시간을 달려 강원도 삼척시의 어느 항구에 간신히 도착했다. 휴게소도 들르지 않고 오느라 진이 다 빠졌다. 게다가 감기 기운은 점점 심해지고 있다. 머리가 아프거나 열이 나진 않지만 재채기와 콧물이 쉴 틈 없이 나온다. 특히 콧물은 꼭 잠그지 않은 수도꼭지에서 떨어지는 물방울처럼 운전 중에도 뚝뚝 떨어져 허벅지 부분의 바지를 다 적셨다. 사고가 나지 않은 걸 다행으로 여겨야 할 지경이었다.

　하지만 조수석에 앉은 교수님은 내게 어떠한 도움도 주지 않고 운전하는 내내 잠만 잤다. 도움이라 해 봤자 큰 걸 바라진 않았다. 교수님은 면허가 없어 대신 운전을 해 줄 수는 없다. 그저 흐르는 내 콧물이라도 옆에서 슥 하고 닦아 주기라도 한다면……. 물론 너무 부담스러운 행동이라 교수님이 하기 싫어했을 수도 있다. 대학원생과 교수 사이는 콧물을 닦아 주기엔 너무 먼 사이라고, 또는 아직 그 정도로 가까워지진 않았다고 교수님은 생각할지도 모른다.

나도 교수님과 특별히 가까워지고 싶은 마음은 없다. 그러니까 쉽게 말하면 나와 교수님은 자석의 N극과 S극 사이는 절대 아니다. 나는 말하자면 교수님이라는 외부 자기장에 영향을 받는 평범한 상자성체 정도밖에 안 된다.

"도착했습니다."

나는 항구 근처 허름한 주차장에 차를 세우고 조수석에서 자고 있는 교수님을 불렀다. 조수석 의자를 한껏 뒤로 눕히고 상체에 분홍색 담요를 덮은 채 잠든 교수님은 내 말에도 꿈쩍하지 않았다. 어제 새벽 동안 밤을 새워서 논문을 쓰는 교수님의 모습을 보긴 했다.

그렇다. 교수님이 논문을 쓰는 동안 나는 밤새 옆에 있었다. 물론 나는 공부하는 척도 하고 교수님의 히스테리도 받아 주고 소파에 누워 자기도 하느라 그렇게 힘들진 않았지만 덕분에 지독한 코감기를 얻어 버린 것이다. 그 후 나는 두 시간 정도 쪽잠을 잔 뒤 대학원 수업과 일반역학 조교로 연습 문제 풀이 강의를 하고 백 명이 넘는 학생들의 과제를 채점했다. 진이 다 빠질 지경이다. 하지만 교수님은 나보다 더 바빠 한숨도 못 잤다고 하니 어쩔 수 없다. 시간으로 따지면 스무 시간 정도를 계속 깨어 있으셨다.

어쩔 수 없이 교수님의 한쪽 어깨를 잡고 거칠게 흔들자 반응이 왔다.

"으으으응. 으응. 흐응."

교수님은 정체불명의 소리를 내며 고양이처럼 눈을 비비고는 한숨을 쉬며 등받이를 일으켰다.

"다 왔니?"

"네."

"어머, 너 콧물을 왜 이렇게 흘리니? 칠칠맞지 못하게."

"감기에 걸렸습니다."

교수님이 조수석의 글로브 박스를 열어 물티슈를 꺼내 몇 장 뽑더니 내 코에 가져다 댔다.

"흥 해."

'흥'을 하자 교수님은 만족스러운 듯 웃었다.

"내리면 되니?"

"내리시죠."

교수님은 차에서 내리고는 갈색 롱코트를 걸쳤다. 하의는 일자 핏의 청바지에 흰색의 스틸레토 뾰족구두다. 백화점에서 교수님이 구두를 구입할 때 동행했기에 기억하고야 말았다. 교수님의 발목이 조금 드러나 있다. 춥다고 칭얼댈지도 모르겠다. 그에 비하면 내 옷차림은 조금 비루하다. 흰색 니트에 검은색 롱패딩, 아래는 청바지 차림으로 감기 환자의 옷차림으로는 안성맞춤이다. 대학원생으로서도 꽤 괜찮은 편이라 본다.

나는 트렁크에서 나와 교수님의 캐리어를 꺼내 양손에 캐리어의 손잡이를 하나씩 잡고 끌기 시작했다. 금세 팔이 아파 왔다.

"규현아, 여기 유료 주차장 같은데?"

"그런 것 같네요."

"차를 오랫동안 둘 텐데 괜찮겠니?"

"주차장의 관리사무소 건물이 박살이 났는데 괜찮지 않을까요?"

"그야 그러네."

교수님은 옷깃을 여미고 주변을 둘러보았다. 박살이 난 건 관리사무소뿐이 아니었다. 쓰러진 전봇대, 여기저기 깨진 도로, 쓰레기처럼 널브러진 간판 등 이 일대는 아비규환이었다. 태풍 '이끼'의 직격탄을 맞은 곳이었다. 이끼는 최저 기압 901hPa, 순간 최대 풍속 82m/s, 3일간의 강수량 최대 511.1mm, 사망자 350명, 재산 피해 8조 4000억 원 등 모든 부문에서 한국의 역대 최악의 태풍이란 타이틀을 갈아치웠다. 이 수치들은 교수님이 궁금해하길래 내가 자발적으로 조사한 내용이었다. 태풍이 이렇게나 강해진 원인으로는 지구 온난화가 유력한 후보로 지목되었다. 딱히 다른 후보가 없기도 했다.

"몇 시니?"

"오후 4시 43분입니다. 기온은 11도입니다."

"5시까지지?"

"네, 여기서 가깝습니다."

교수님과 나는 폐허가 된 도로를 가로지르며 걸었다. 사람은 단 한 명도 보이지 않는다. 2년이면 꽤 오랜 시간이지만 이 지역은 이제 회생 불가 판정을 받은 듯했다. 그렇다고 '이끼'가 덮치기 직전까지는 호황을 누렸냐 하면 확신은 못 하지만 아마 아닐 것이다. '이끼'가 잠잠해진 후 막심한 피해를 마주한 사람들이 어디서부터 복구해야 좋을까 생각하던 와중에 이 부근에서 규모 6의 지진이 발생했다. 동해 해저에 숨겨져 있던 단층이 세상 밖으로 모습을 드러낸 것이다. 그 후 이 일대는 사람들이 더 이상 찾지 않게 되었다. 여러 재해로 인해 거대한 심리적 장벽이 형성된 것이다. '삼척 특별법'을 비롯한 많은 정책이 TV 광고처럼 나타났다가 자연스레 사라졌다.

우리는 10여 분을 더 걸어 어느 작은 선착장에 도착했다. 마치 쓰나미가 휩쓸고 가기라도 한 듯 온통 쓰레기가 가득했다. 플라스틱이나 고무부터 시작해 건물 잔해와 뒤집힌 자동차 등 난장판이 따로 없었다. 그런데도 이곳을 약속 장소라고 확신할 수 있었던 까닭은 폐허 한가운데에 비교적 말끔한 크루즈 보트가 선착장에 정박 중이었기 때문이다. 요트라고 하기엔 너무 크고 여객선이라 하기엔 날렵하게 생겼다. 딱 봐도 부자들이 소유할 법한 물건이었다. 하늘에는 구름이 짙게 깔려 있지만 파도가 그리 높아 보이진 않는다. 역시 오늘은 배를 타러 온 건가.

갑판실 안에서 어떤 남자가 나와 우리 쪽으로 다가왔다.

"서연아."

남자는 검은색 니트에 청바지, 흰색 운동화 차림이었다. 탈모가 아주 심한 듯 이마가 홀라당 벗겨졌다. 무테안경을 끼고 턱수염이 자란 게 흡사 생전의 스티브 잡스를 보는 듯했다. 키나 덩치가 그리 큰 편은 아니다.

"와 줬구나."

그가 악수를 청하자 교수님은 웃으며 그의 손을 붙잡았다.

"잘 지냈어? 네가 이렇게 연락을 할 줄은 몰랐는데."

교수의 말투에서 마치 몇 년 만에 전 애인을 만난 것처럼 거리를 두면서도 반가워하는 듯한 느낌이 묻어났다.

"하하, 조금 뜬금없긴 했지."

남자는 말을 마치더니 옆에 서 있던 나를 쳐다보았다. 미간을 살짝 찌푸리는 게 나를 경계하는 듯했다.

"이쪽은? 새 남자 친구인가? 누굴 데려온다는 말은 없었잖아?"

교수님이 남자의 어깨를 손으로 툭 치며 꺄르륵 웃었다.

"어머, 그렇게 보여? 얘 나랑 나이 차 제법 되는데. 규현아, 어때?"

갑자기 머리를 한 대 얻어맞은 것처럼 아무 생각이 나지 않았다.

"……어떠냐는 건 어떤 의미인가요?"

"기분이 어떠냐는 말이야."

"이상합니다."

잡스 같은 남자가 나를 보며 음흉한 미소를 지었다.

"이봐, 친구. 그게 아니야. 서연이는 '자신이 연애 상대로 어떠냐'고 묻는 거야."

교수님이 잡스의 어깨를 손으로 툭 쳤다. 여자들이 하는 대표적인 플러팅 행위 중 하나라고 들었다.

"얘는 참. 그렇게 말하면 규현이가 진짜인 줄 안단 말이야."

나는 눈꼬리는 그대로인 채 입꼬리만 움직이는 일명 가짜 웃음을 지었다. 음, 차라리 지구 평면설을 진짜로 믿겠다.

"아닙니다."

"그나저나 한 명이 더 추가되면 방을 어떻게 배정해야 할지 고민인데."

"어떻게 안 될까?"

"뭐, 알겠어. 쨌든, 너도 이제 나이가 다 찼는데 슬슬 결혼해야지. 상대는 있고? 아, 혹시 이 학생인가?"

교수님이 손사래를 쳤다.

"어머, 아니야. 너는 있어?"

"나야 있긴 하지. 그럼 이 학생은?"

교수님이 내 어깨를 두들겼다.

"얘는 내 연구실 첫 제자. 이름은 한규현이야. 석사 과정."

교수님께 소개를 당할 때마다 장에 팔려 가는 소의 마음이 느껴진다. 그러지 않을까 추측할 뿐이다. 만약 정말로 누가 나를 사 간다면……. 갑자기 마음이 싱숭생숭해진 것 같다. 소의 입장에서는 죽으러 간다는 사실을 몰라도 주인을 떠나니 슬플 테다. 나로 치자면 신분이 대학원생이니 다른 연구실로 팔려 가는 게된다. 막상 그때가 되면 기분이 어떠려나. 갑자기 콧물이 수도꼭지를 튼 듯 뿜어져 나와 서둘러 주머니에서 휴지를 꺼내 닦았다.

"반갑습니다."

정신을 차리니 잡스가 내게 손을 뻗어 악수를 청하고 있었다. 나는 서둘러 손을 맞잡으며 고개를 숙였다.

"학생은 낯을 가리는 타입?"

잡스가 은은한 미소를 띠며 물었다.

"아닙니다."

"그렇다면 잠시 다른 생각에 빠졌나 본데."

"죄송합니다."

"빨리 인정해서 좋네. 거짓말을 안 하는 타입? 마음에 들어. 무슨 생각을 했지? '저 사람은 왜 우리 교수님과 사이가 지나치게 좋아 보이는 거지.' 같은 쪽인가."

"제가 팔려 가는 건가 했습니다."

별생각 없이 꺼낸 말인데 잡스가 눈을 커다랗게 떴다.

"내가 교수라는 걸 어떻게 알았지? 예리한 친구를 제자로 뒀는걸."

"얘가 이래 봬도 지금까지 몇 가지 사건을 해결했어."

잠깐, 이래 봬도라니. 그리고 지금 그 이야기가 왜 나오는 건데.

"사건이라 하면?"

잡스의 눈이 가늘어졌다.

"살인 사건이지."

교수님이 목소리를 깔아 내렸다. 이 무슨 일본 드라마 같은 전개인가.

"아뇨, 아닙니다. 그게, 아닌 건 아닙니다. 그러니까 맞는데, 아닙니다."

"그럼, 탐정인 거야?"

잡스의 말에 교수님이 고개를 끄덕였다.

"그렇다고 봐야지."

아니다. 그렇지는 않다고 봐야 한다.

잡스가 휘파람을 불고는 내게 물었다.

"어떤 사건을 해결했지?"

나는 당연히 대답할 마음이 없었다. 대답을 하면 내가 탐정이라는 사실을 시인하는 꼴이 되니까. 하지만 교수님은 순순히 내 마음대로 응해 주지 않았다.

"처음은 깊은 산속 별장에서 벌어진 사건이었어. 우리를 초대한 별장 주인이 살해당했는데, 아무도 별장 밖으로 나갈 수 없는 상황이었거든. 그런데 주인은 별장 밖에서 살해당한 거야. 게다가 주인이 따로 머물던 별실은 안에서 문과 창문이 잠겨 있었어. 거기에 경찰도 올 수 없는, 아주 심각한 상황이었지. 하지만 규현이가 멋지게 범인을 찾아냈어. 그다음은 미술관에서 벌어진 사건인데, 미술 작가의 잘린 손목이 전시장에서 발견되고 작가는 실종됐어. 나랑 친한 형사가 있는데, 그 형사는 규현이가 예전에 몇몇 살인 사건을 해결했다는 사실을 알거든. 그래서 그 형사가 특별히 규현이를 사건 현장에 들여보내 주고 이 사건도 규현이가 멋지게 해결했지. 그 이후로도 계속 그 형사가 규현이를 찾는데 참 귀찮다니까. 여튼 정말 끔찍한, 그리고 상상도 못 할 사건이었어. 그렇지?"

교수님이 해맑게 물었지만 난 대답을 하지 못했다. 끔찍한 사건이라는 데는 동의하지만 내가 멋지게 해결했는지는 모르기 때문이었다.

잡스가 말했다.

"서연아, 이 친구 탐나는데 내 밑에서 몇 달만 일하게 해 주면 안 될까."

"안 돼. 이미 내 침이 발라져 있거든."

교수님은 뭐가 즐거운지 깔깔 웃어 댔다. 아, 그랬나. 나는 소가 아니라 노예였다. 생각해 보면 대학원생은 원래 노예인데 나도 모르게 그만 '소'라는 한가로운 개체를 떠올려 버렸다.

"여튼 잘 왔어. 추우니까 일단 들어가자. 한 명이 더 와야 해."

우리는 선내로 들어섰다. 내 자취방의 대략 세 배 정도 크기의 공간이 나타났다. 온기가 부드럽게 몸을 감쌌다. 선실의 내벽을 따라 고급스러워 보이는 소파가 ㄷ자 모양으로 배치되어 있다.

구석에는 학생으로 보이는 소녀 한 명이 앉아 있었다. 소녀는 두툼한 원단의 갈색 원피스를 입고 있었는데, 책을 읽고 있다가 고개를 들어 우리를 바라보았다. 그러고는 곧바로 다시 책을 보기 시작했다. 이목구비가 뚜렷한 게 미모의 여자 연예인들의 어릴 때 모습을 보는 것 같았다. 소녀의 옆자리에는 배는 흰색에 등과 머리는 핑크색인 펭귄 인형이 놓여 있었다. 크기가 무척 큰데 소녀의 상반신 정도는 되어 보였다. 저런 인형을 좋아할 나이는 지난 것 같은데. 무엇보다 저 아이, 어딘가 낯이 익다.

나와 교수님은 소녀와 1m 정도 떨어진 곳에 자리를 잡았다. 교수님이 소녀 쪽을 기웃대다 말했다.

"너 혹시, 종호 딸이니?"

소녀는 교수님을 무표정으로 바라보다가 고개를 한 차례 끄덕이고는 다시 책 삼매경에 빠졌다.

"종호가 누구인가요?"

"방금 전에 인사한 남자 있잖아."

아, 잡스 말인가.

"어쩐지. 저 아이, 종호랑 뭔가 닮은 것 같기도 하고. 똑똑하게 생겼어."

그때 내 머릿속에 찌릿하고 무엇인가가 스쳤다.

"저 애, 홍가온이라는 학생 같네요."

"누구야? 유명해?"

"초6 때 영재고에 조기 입학하여 2년 만에 1등으로 조기 졸업. 한국에서 이과 하면 떠오르는 대학인 S대와 K기술원, P대에 동시 합격. 최종적으로 어디를 지원했는지는 알려져 있지 않습니다만, 돌연 자퇴를 결정하여 충격을 주었습니다. 그 후로 2년을 넘게 잠적 중입니다. IQ는 표준 편차 15에서 160, 24에서 196입니다. 이론상 제일 높은 수치입니다. 지금은 열여섯 살로, 세간에서는 의대를 준비하기 위해 잠적을 했으나 한국의 수능 공부에 어려움을 겪고 있을 거라는……."

"사실이 아니에요."

깜짝 놀라 딸꾹질을 하는 것처럼 어깨를 들썩였다. 다 듣고 있었나.

"안녕?"

나는 서둘러 손을 흔들며 인사를 건넸지만 가온은 무표정을 유지했다.

"수능 공부에는 전혀 어려움이 없어요. 최근 3년간의 평가원 모의고사와 수능을 모두 풀어 봤는데 다 맞았거든요. 앞으로도 틀릴 것 같진 않네요."

교수님이 소리 없는 박수를 쳤다.

"대단하구나."

"그럼 갑자기 왜 잠적을 한 거지?"

"태풍 때문이에요."

"태풍이라 하면 2년 전의 이끼?"

가온이 고개를 끄덕였다.

"제가 아는 지식에 의하면 이끼의 파괴력은 이론적으로 가능한 정도를 넘어섰어요. 그걸 보니 주체 못 할 정도로 강한 지적 탐구욕이 느껴졌죠. 그 순간 K기술원의 물리학과에서 가르치는 건 모두 쓸데없는 게 되어 버렸어요. 원래부터 알고 있던 내용이기에 크게 쓸모가 있진 않았지만요."

가온에게서 사 놓은 주식이 휴지 조각이 되어 버린 개미의 모습이 보였다.

"그런데 왜 2년 동안 잠적 중인 거지?"

"그건…… 부끄럽지만, 아직 설명을 못 했기 때문이에요. 이끼의 파괴력을요."

열여섯 여자아이의 부끄러움에 저런 종류도 있던가.

"이끼의 파괴력은 지구 온난화 때문이 아니었던 거야?"

교수님의 물음에 가온이 눈을 가늘게 뜨고 우리를 노려봤다.

"김서연 교수님이시죠?"

"어, 응, 맞아. 종호에게서 내 얘기를 들었니?"

"이름만요. 교수님에 대한 정보를 좀 찾아봤는데, 암흑 물질, 힉스, 우주론 쪽을 두루 하시더군요. H index는 39. 이론 입자 물리라는 점을 감안하면 높은 숫자라고 봐야겠죠. 최근에 게시한 페이퍼가 non-compact isometry로부터의 인플레이션이시죠? 대체로 인상 깊게 읽었어요. 요새는 돈만 내면 받아 주는 저널에서 나오는 논문들이 너무 범람하는데, 오랜만에 즐거운 경험이었어요."

"어머, 너는 그게 이해가 되니? 지금 네 나이가……."

"학문에 나이가 중요한가요?"

교수님은 아무 말도 하지 못했다. 가재는 게 편이라고 내가 나서야겠다.

"'대체로 인상 깊게'라는 건 불만족스러운 점도 있다는 뜻?"

"9번 식의 라그앙지안에서 세 번째 항에 대한 설명이 불충분했더군요."

"너, 라그앙지안이 뭔지는 아냐?"

"글쎄요, 어느 정도는 알죠. 그 어느 정도가 대학원생인 당신의 수준을 넘어설지도 모르겠지만요."

나는 순간 욱하는 바람에 자리에서 일어섰다.

"불충분한 건 설명이 아니라 네 그 덜 커서 작은 머리 아니고?"

옆에서 누군가 내 팔을 붙잡았다. 교수님이었다.

"규현아, 왜 그래."

"예의가 없지 않습니까."

"나는 괜찮아."

하긴 열여섯 살 꼬맹이에게 지금 내가 뭐 하는 짓이람. 자리에 앉으니 교수님이 똘망똘망한 눈으로 가온을 쳐다보았다.

"음, 확실히 세 번째 항에 대한 설명이 불충분했던 걸까. 규현이도 이해하지 못했으니."

아니다. 그건 그냥 내가 공부를 안 했기 때문이다.

그때 선수 쪽에서 발소리가 들리더니 키 작은 중년 남성이 낚싯대 가방을 멘 채 모습을 드러냈다.

"오, 반갑습니다."

남성은 교수님과 나에게 차례로 악수를 건네다 가온을 보고 잠시 놀라는 듯하더니 교수님 옆자리에 착석했다.

"저는 이런 사람입니다."

남성은 지갑에서 명함을 꺼내 교수님에게 건넸다. 슬쩍 쳐다보니 명함에는 '기후 환경 운동가 정강식'이라고 적혀 있었다. 교수님 또한 명함을 건넴으로써 맞교환이 이루어졌다. 남성, 강식이 명함을 보고는 휘파람을 불었다.

"워우, 명문대의 입자 물리 교수님이라니. 입자 물리 그거 엄청 어려운 거 아닙니까? 수상탑에는 어쩐 일로 오시게 됐나요?"

"수상탑이요?"

교수님이 되묻고는 잠시 멍을 때리더니 나를 돌아봤다. 나야 당연히 처음 들어 본 이름이다. 수상탑. 수상하다. 이것 말고는 떠오르는 생각이 없다.

"아아, 제가 어제 밤새도록 논문을 쓰느라 정신이 없어서요. 어디로 간다는 말을 대충 흘려들었네요."

그때 종호가 선실에 모습을 드러냈다.

"출발합니다. 30분 정도 걸립니다."

종호가 조타실로 사라진 뒤 곧바로 요란한 엔진음이 들리며 배가 출발했다.

"그래서 말인데, 수상탑이 뭔지 설명을 들을 수 있을까요?"

교수님의 말에 강식이 주머니에서 손수건을 꺼내 코를 한 차례 풀었다.

"이거, 죄송. 감기가 심해서요."

동지를 만나 반가운지 내 코도 한 차례 투명한 콧물을 쏟아 냈다. 나도 주머니에서 휴지를 꺼내 닦았다. 이제 남은 휴지가 얼마 없어 걱정이다.

"그쪽도 감긴가 보군요. 여튼, 수상탑은 말 그대로 물 위에 떠 있는 탑입니다."

"물 위에 떠 있는 탑이요?"

내 물음에 강식이 고개를 끄덕였다.

"그쪽은?"

"김서연 교수님 밑에 있는 대학원생입니다."

"아, 그렇군요. 쨌든 말하자면, 지구 온난화 때문에 해수면이 상승하면 저지대가 침수되어 인간이 살아갈 수 있는 육지 면적이 줄어듭니다. 뭐, 당연히 알고 계시겠지만요. 그를 대비해 세계 각국의 기업에서는 해상 부유 도시라는 걸 만들고 있죠. 바다에 떠다니는 인공 섬 같은 걸 만들고 그 위에 도시를 놔두는 겁니다."

"들어 본 거네요. 혹시 그걸 종호라는 분께서 지으신 건가요?"

"맞습니다. 약간의 투자와 함께 자신의 거의 전 재산을 쏟아 만들었죠."

"그런데 그거, 어디서 많이 들어 본 건데요. 당장 우리나라도 부산에 그런 걸 만들겠다는 계획을 세웠다고 들었고, 일본도 그렇고, 다른 나라들은 적도 부근에 그걸 만든다고 들었습니다. 적도 부근은 태풍도 없고 바람도 거의 안 부니까요. 뭐, 당연히 알고 계시겠지만요."

말하고 나서 아차 싶었지만 다행히 강식은 기분 나빠 하는 기색을 보이지 않았다.

"하하, 알다마다요. 하지만 그렇다고 우리나라 국민의 후손들이 남의 영토에 있고 남이 만든 곳에서만 살 수는 없지 않겠습니까? 부산이었나 거기는 실질적으로 프로젝트가 진척된 게 단 1도 없습니다. 아직 소설이죠. 아니, 소설을 쓰기 전 그냥 구상하는 단계죠. 그런데 이미 예산을 책정해 버렸다는 게 문제입니다. 아마 부산의 해상 도시 계획은 대한민국 역사에 남을 희대의 예산 낭비, 삽질이 될 거예요."

"소설을 안 써 봐서 잘 모르겠네요."

"하하, 대학원생이니 아무래도 그렇죠. 그래도 논문은 써 봤을 거 아닙니까? 석사 과정?"

"그렇습니다."

"그렇다면 뭐 써 본 거나 다름없네요. 석사 과정이 쓰는 논문이 다 소설이죠."

"우욱."

옆을 돌아보니 교수님이 속이 안 좋은 듯 기괴한 소리를 내기 시작했다.

"괜찮으세요?"

"멀미를 하나 보네요. 선미 쪽에서 잠시 누워 있지 그래요? 바닥에 토해도 좋아요. 내 배는 아니지만."

교수님은 강식의 말에 대답도 안 하고 선미 쪽으로 달려갔다. 가만히 있자니 과연 배가 조금씩 흔들린다. 나도 따라가야 하나 생각했지만 이내 단념했다. 내가 교수라면 대학원생에게 자신이 토하는 모습 따위 보여 주고 싶지 않을 것이다. 대학원생이라고 다르겠냐만.

잠시 동안 아무 말 없이 가만히 있었다. 선내에는 배의 엔진 소리와 가온이 책장을 넘기는 소리 말고는 아무것도 들리지 않았다. 침묵을 견딜 수 없었던 모양인지 강식이 말을 걸어 왔다.

"그래서, 학생 이름은요?"

"한규현입니다."

"음, 그럼 학생은 왜 서연 씨와 같이 수상탑에 가는 건가요?"

"그건…… 교수님이 오라고 했기 때문입니다."

한동안 강식이 털털하게 웃었다.

"정말로 대학원생이 교수의 노예가 맞는가 보네요."

"나중에 교수님이 오시면 물어보시죠. 선생님은 그럼 왜 가시는 건가요?"

"저야 종호의 초대를 받고 가는 거죠. 수상탑의 개관식도 할 겸, 종호가 뭔가 중대한 발표를 할 게 있다는데, 어떤 내용인지는 몰라요. 쨌든 종호가 초대했으니 좋은 일일 거예요."

"어떻게 그렇게 확신하나요?"

"돈이 많으니까요. 매우. 매우매우."

"어느 정도길래 '매우'를 세 번이나 붙이는 건가요?"

"혹시 3년 전쯤인가, 코인으로 4천억을 벌어들인 20대 개인 투자자가 나왔다는 기사 본 적 있나요?"

"아, 네. 너무 현실감이 없어서 아무런 감흥은 없었지만요."

강식이 상체를 내 쪽으로 수그리고 작게 말했다.

"그 20대 개인 투자자가 사실 종호예요."

"오, 그분이 20대로는 보이지 않았는데요."

"하하."

"그게 가능한 거였나요?"

"위험도가 극히 높은 선물 투자를 이용하면 불가능할 것도 없죠. 비단 종호 얘기만은 아니에요. 우리나라 코인 부자들 500명이 6조 넘게 보유하고 있다잖아요."

"제가 듣기로 그분도 교수라고 하시던데요."

"종호? 2년 전에 퇴사했죠."

"전공은요?"

"지구환경과학과."

"지구 환경을 조사하면서 겸사겸사 코인까지 하시다니. 아, 그럼 혹시 오늘 있다는 '중대 발표'가 코인 수익인가요? 이번엔 조 단위의 수익을 올렸다든지."

"그건 아닐 거예요. 3년 전이기도 하고, 수익 대부분은 수상탑을 건설하는 데 다 써 버렸을 테니까요. 아마 지금은 한 푼도 없을걸요."

"듣겠어요."

내 말에 강식이 멀찍이 떨어져 있는 가온의 눈치를 살폈다. 가온은 못 들은 듯 독서 삼매경에 빠져 있었다. 아니면 못 들은 척하

거나. 하지만 아까 전의 태도를 보아하면 그럴 거 같지는 않았다.

"물 위에 떠 있는 탑은 어떻게 건설하는 건가요?"

"땅에 해당하는 플랫폼을 만들고 그 위에 세우죠. 플랫폼은 부력으로 바다 위에 떠 있는 거고요."

"탑의 높이는요?"

"글쎄요. 5층이에요."

"이끼 같은 태풍이 덮치면 그냥 쓰러지지 않을까요?"

"바로 그 점 말인데, 종호의 말에 의하면 괜찮을 거라고 하더군요. 이끼가 순간 풍속이 80m/s였죠, 아마? 그 정도면 건물이 꽤 흔들리긴 하지만 타워 내부 사람들의 안전에는 이상이 없다고 했어요. 그리고 태풍은 동해로 빠져나가면서 세력이 약해지기도 하고, 라고 종호가 말로만 설명하긴 했지만요."

순간 불길한 생각이 머릿속을 스쳤다.

"설마 안전성 테스트 겸 사람들을 초대하는 건 아니겠죠?"

"날씨도 좋은데요 뭐. 설령 그렇다고 하더라도 불만을 가질 이유가 있을까요? 분명 우리는 충분히 화려하게 대접받을 거예요. 리조트 체험단이라고 생각하면 되겠죠."

설령 불행한 사고가 일어나 죽는다 해도 운명으로 받아들여야 할 것 같긴 했다. 나는 조심스레 가온을 가리켰다.

"저 학생에 대해 잘 아세요?"

"딱 인터넷에 떠돌아다니는 정도만 알고 있어요."

"종호라는 분과 친하지 않으신가요?"

"어느 정도로 말인가요?"

"서로 가족의 안부를 물을 정도로요."

강식이 나지막하게 신음을 뱉었다.

"우리는 한때 연구 동료였어요. 친구라고 봐도 되겠죠. 가족 얘기를 하기엔 좀 그럴 정도로 어색한 사이는 아니었지만 가족 얘기는 거의 하지 않았어요. 먼저 나는 독신이에요. 부모님은 안 계시고. 종호는…… 부인과 이혼했어요. 부인은 이혼 후 얼마 안 지나 세상을 떠나셨고요. 딸 얘기는 들은 게 별로 없는데 묻는 것도 난감했죠. 종호와 딸의 사이가 좋아 보이지 않았거든요."

"왜요?"

"모르죠. 그런 걸 물을 정도로 내가 눈치 없진 않아서요. 아마 아내와 처음부터 갈등이 있었지 않았을까요? 딸이 아빠 성이 아닌 엄마 성을 따른 걸 보면 뭔가 있던 게 아닐까 하네요."

아, 그러고 보니 그렇다. 엄마 쪽에서 강력하게 요구를 한 걸까.

"게다가 부인이 이혼하고 얼마 안 지나 세상을 떠났다고 했는데, 병이 있었어요."

"아, 혹시 병이 있어서 이혼을 했다?"

"그렇게 생각할 수 있죠. 다만 그렇다 하더라도 부인 측에서 먼저 이혼을 제안했을 수도 있어요. 양육권도 종호에게 넘겼다, 감동적인 이야기죠."

"아니에요."

심장이 쿵 하고 내려앉을 정도로 깜짝 놀랐다. 옆을 돌아보니 가온이 우리를 보고 있었다. 강식이 머리를 긁었다.

"미안하구나."

"괜찮아요."

"괜찮다면 직접 물어봐도 될까?"

내 말에 가온이 푸훗 하고 웃으며 책을 덮었다.

"그러세요."

"계속 못 들은 척한 거야?"

"아뇨, 들었어요. 아무렇지 않았기에 가만히 있었을 뿐이죠. 다만 '감동적인 이야기'라는 말은 그냥 두고 넘어갈 수 없었어요. 설령 저 아저씨 말이 사실이더라도 그건 전혀 감동적이지 않아요."

"역시, 너희 아빠는 엄마가 병에 걸려 이혼을 한 거구나."

"아빠는 그냥 열여덟 살 연하랑 바람이 났을 뿐이에요. 엄마가 아픈 줄도 몰랐죠."

오우, 그 아저씨는 수익이든 애인과의 나이 차든 다루는 숫자의 스케일이 남다르구나.

"오늘 한다는 중대 발표는 뭐지?"

"아, 별거 아니에요. 인류는 이제 끝났다는 선언이에요."

내 몸이 충격을 받았는지 한 차례 콧물이 주르르 흘렀다.

"인류가 끝났다?"

"**지구 온난화** 말이에요. 이제 인류는 어떤 수단을 써도 지구의 기온 상승을 막을 수 없고 반드시 파멸을 맞이한다는, 뭐 그런, 누구나 알 법한 내용이에요."

강식이 깊은 한숨을 내뱉었다.

"이끼보다 더 강력한 태풍이 온다는 건가."

"이끼는 지구 온난화 때문이 아니에요."

아, 그러고 보니 아까 교수님이 그렇게 질문했었다.

"지구 온난화 때문에 태풍의 강도가 커진다는 건 일종의 상식이잖아."

내 말에 가온이 작게 고개를 절레절레 저었다.

"평범한 대학원생이라면 그렇게 생각하겠죠."

"아니라고?"

"맞아요. 하지만 이끼의 파괴력은 온전히 지구 온난화 때문만은 아니라는 거예요."

"그럼 뭐 때문이지?"

"그걸 모르겠어요."

"그럼 아니라는 건 어떻게 확신하지?"

"대학원생 맞아요? 계산을 하면 나오잖아요. 이론값이요. 그 값을 토대로 AI에게 시뮬레이션을 시키면 그 정도는 바로 알 수 있어요."

"그 이론값과 이끼의 실제 측정값이 차이가 난다는 건가?"

강식의 말에 가온이 고개를 끄덕였다.

"이 아저씨가 좀 더 낫네요."

이렇게 물러설 순 없다.

"네가 생각한 이론이 맞다는 걸 어떻게 증명하지?"

"제가 증명을 왜 해야 하나요. 그리고 제가 왜 틀리나요."

"기상청도 틀리잖아."

"기상청은 틀리죠."

"생각해 보면."

강식이 턱을 문지르며 말을 이었다.

"이끼는 2년 전이었잖아. 그런데 1년 전 태풍은 이끼보다는 세지 않았어. 이전 해에 비해 태풍이 전체적으로 약한 때야 당연히 있었지만, 이끼 때는 워낙 강했고 1년 전은 워낙 약했으니까. 전문가들도 이례적이라고 했지."

"점점 대학원생 씨와 아저씨 간의 격차가 벌어지네요."

"가온 양, 내가 평범한 아저씨는 아니잖아. 한때는 너희 아빠와 연구 동료였는데. 이 학생보다 내가 더 많이 안다고 보는 게 합리적이지 않을까?"

나는 발끈했다.

"그렇다고 이끼의 파괴력에 지구 온난화 말고 다른 요인이 있다고 확언할 순 없잖아. 있다면 무슨 요인이지?"

가온이 지금과는 달리 말을 머뭇거렸다.

"기후 조작이에요."

나도 모르게 그만 헛웃음이 나와 버렸다.

"지금까지의 이미지가 와장창 깨지는 발언인데."

"왜 비웃는 거죠?"

"켐트레일을 주장하는 음모론자들과 다를 바가 없는 것 같아서."

"2차원의 개미는 3차원의 물체를 볼 수 없죠. 그것의 그림자만 보는 거예요. 실제로 두 물체는 z축 방향으로 한참 떨어져 있다 해도 x, y 좌표가 같다면 두 물체의 그림자는 다를 바 없어 보이겠죠."

아무래도 나는 계속해서 패착만 던지고 있는 듯하다.

"가온 양, 이끼가 기후 조작을 통해 고의로 태풍의 강도를 높인 케이스라는 건가?"

"태풍의 강도를 약하게 하기 위해 조작을 했다가 예상치 못한 부작용으로 그렇게 됐다고 보는 쪽이 자연스러워요."

"그렇군. 혹시 그렇게 주장하는 근거가 있나?"

"짐작 가는 게 있지만, 지금은 말할 수 없어요."

"계산이 어렵나 보지?"

골려 주려고 던진 말이었는데 가온의 안색이 어두워졌다.

"그런 문제가 아니에요."

그때 배의 속도가 점점 줄어드는 듯하더니 이내 멈추었다. 조타실 쪽에서 종호가 모습을 드러냈다.

"자, 다들 내리시죠. 드디어 다 왔습니다."

제2장 잿빛 광경

나는 선미 쪽으로 이동해 교수님을 찾았다. 교수님은 힘없이 바닥에 옆으로 누워 있었다. 토사물의 흔적은 없었다.

　"괜찮으세요?"

　"우우."

　교수님은 괴로운 듯 슬픈 듯 안도한 듯 통 알 수 없는 소리를 냈다.

　"괜찮아."

　"일어날 수 있으시겠어요?"

　"없겠어."

　나는 짧은 한숨을 내쉰 뒤 교수님을 들쳐 메어 등에 업었다.

"고마워."

교수님이 무거운 편은 아니라 그래도 어찌저찌 선착장에 무사히 착지했다. 선착장은 ㄱ자 모양으로, 바닥은 알루미늄 프레임에 우드 톤 컬러의 합성 목재로 마감한 듯했다. 폭은 대략 3m 정도는 되어 보였고 비슷한 크기의 배가 네 척은 더 정박할 수 있을 정도의 규모였다.

"이제 걸으세요."

나는 교수님을 등에서 조심스레 떼어 놓았다. 다행히 교수님은 걸을 정도는 되었다. 다시 배로 되돌아가 캐리어 두 개를 선착장 바닥으로 옮겼다.

"살 거 같네."

내 뒤에서 가온이 백팩을 메고 가슴 앞으로는 펭귄 인형을 안은 채로 지나갔다.

"그 인형은 뭐야?"

"타스니마."

가온이 걸음을 멈추고 나를 돌아본 뒤 말했다.

"타스니마예요."

"타스니마가 무슨 뜻이야?"

가온은 내 말을 무시하고 앞으로 걸어갔다. 딱히 대답을 기대한 건 아니었다.

선착장에 내리자 가장 먼저 스테인리스 스틸로 만들어진 케이스가 눈에 들어왔다. 난간에 붙어 있었는데, 케이스 하나에 주황색의 구명 조끼가 네 벌씩 총 세 개의 케이스가 있었다. 종호가 말했다.

"여기는 레저 보트장으로도 활용하고 있어. 아직 보트는 없고 구명 조끼뿐이지만."

선착장에서 조금 걷자 완만한 경사로가 나타났다. 경사로를 오르니 양쪽으로 넓게 펼쳐진 공간이 눈에 들어왔다. 좌우로는 완충 녹지가 보이고 끝에 바다가 살짝 눈에 들어온다. 정면에는 폭이 8m는 되어 보이는 넓은 길이 있었다. 길은 완만한 모양의 S자를 그리며 이어졌다. 바닥은 밝은 베이지색 바탕에 작은 대리석 조각들이 은은하게 빛나며 박혀 있다. 이런 걸 테라조 타일이라고 하던가? 첫 번째 커브 안쪽으로는 넓은 잔디 광장이 펼쳐져 있다. 저 멀리에는 인피니티 풀도 보인다. 물이 채워져 있진 않은 듯했다. 그리고 훨씬 더 넓은 공간과 바다가 시야에 들어왔다.

조금 더 걷자 연못과 조경이 보였다. 연못에는 색색의 잉어가 여러 마리 헤엄치고 있었다. 그중 샛노란 황금 잉어가 한 마리 있었는데 크기가 거의 웬만한 성인 남성의 허벅지 정도는 되어 보였다.

"어머, 저 황금 잉어 좀 봐."

교수님이 손가락으로 잉어를 가리키며 탄성을 내뱉었다.

땅이 바다와 접해 있는 부분에는 선착장의 바닥과 같은 합성 목재로 만들어진 길이 곡선을 그리며 이어져 있다. 산책로인 듯했다. 우리는 넓은 보행로를 계속 걸어갔다. 군데군데 고급진 모양의 벤치가 놓여 있다. 두 번째 커브를 돌아가니 열대 정원과 그 사이를 가로지르는 좁은 길, 그리고 좀 더 멀리에는 선베드가 있는 휴식 공간이 눈에 들어왔다.

"어머, 예뻐라. 보통 공원이 아닌 것 같애."

"휴양지나 초고급 리조트 같죠? 제가 저번에 왔을 때보다 더 꾸몄네요."

어느새 따라붙은 강식이 말했다.

보행로는 곧 직진으로 이어지고 그 끝에는 타워가 서 있다. 그렇게 높진 않지만 꽤나 아름다움이 느껴졌다. 타워의 외벽 전체가 옅은 푸른빛을 띠는 거울처럼 보인다. 타워는 거대한 원기둥의 모습으로 외벽에는 발코니로 추정되는 구조물이 붙어 있다. 원기둥 모양의 타워 위쪽에 또 하나의 거대한 원형 구조물이 놓여 있다.

계단을 올라 타워의 현관 앞에 섰다. 스테인리스 스틸 프레임에 황금색 금속이 세팅된 무게감 있는 문이 제일 먼저 우리를 맞았다. 바깥쪽으로 열리는 문을 지나자 비교적 작은 공간이 나왔고 또 하나의 작은 문을 지나니 갑자기 천장이 확 뚫리며 매우 거대한 공간이 나타났다.

"호텔 같네."

교수님이 나지막하게 중얼거렸다.

이곳은 로비인 듯하다. 바닥부터 천장까지의 높이가 거의 10m 정도는 되어 보였다. 물방울이 떨어지는 듯한 디자인의 거대한 샹들리에가 천장에 달려 위용을 자랑했다. 사람 위로 떨어지면 즉사하는 건 물론이고 시신을 완전히 가려 버릴 만한 크기였다. 바닥에는 크림색 대리석이 깔려 있다. 공기 중에는 은은한 향이 감돌며 잔잔한 재즈 음악이 흐르고 있다. 여기저기에 크고 작은 다양한 크기의 크림색 소파와 유리 테이블이 놓여 있었다. 그중 한 자리에 세 사람이 앉아 있다. 중년의 남성과 내 또래로 보이는 젊은 여성, 그리고 나보다 연상일 거 같은 남자였다. 세 사람은 우리가 들어오는 것을 보고 자리에서 일어섰다.

"처음 보는 분들이시군요. 환영합니다."

연상의 남성은 이목구비가 또렷하고 턱선이 날렵한 게 꽤 미남상이었다. 그는 나와 교수님, 그리고 뒤따라온 강식에게 차례로 악수를 건넸다. 그 후 우리 셋은 뒤에 서 있는 중년의 남성과 젊은 여성과도 인사를 나누고는 소파에 앉았다.

10분 정도가 지나 종호가 사람이 모인 쪽으로 다가왔다.

"다들 바쁘실 텐데 이곳까지 와 주셔서 대단히 감사합니다. 어때요? 멋지지 않나요?"

"네, 대단히요. 어서 빨리 방을 구경하고 싶네요."

연상의 남성이 광대를 씰룩거리며 웃었다.

"혹시 제 딸을 본 적 있으신가요?"

"아, 그 천재 학생이라면 1층에 도착하자마자 계단을 올라가더군요. 한번 얘기를 나누고 싶었는데 말이에요."

중년 남성이 입맛을 다시는 듯 입술을 할짝거렸다. 얼굴이 하회탈처럼 생겼다.

"죄송합니다. 제 딸이 아직 사회성이 부족해서 말이죠. 여튼 이제 여러분들에게 각자의 방을 안내해 드리겠습니다. 후에 오후 8시에 저녁 식사를 하며 각자 자신을 소개하는 시간, 그리고 제가 여러분들에게 드릴 중요한 말씀을 전하는 시간을 갖도록 하겠습니다."

종호는 손에 쥐고 있던 A4용지를 여기 있는 사람들에게 한 명당 한 장씩 나눠 주었다.

"좀 볼품이 없어 죄송하지만, 참고해 주시기 바랍니다. 이곳 수상탑 각 층마다의 방의 배치와 시설을 나타낸 그림입니다. 방의 열쇠는 카드키인데 각 방의 문 앞에 놓여 있습니다. 방문은 자동으로 잠기진 않습니다. 그래서 깜빡하고 방 안에 키를 놔둔 채로 문이 잠기는 불상사는 일어나지 않을 겁니다. 또, 마스터키가 있긴 하지만 웬만하면 키를 분실하시진 말길 바라겠습니다. 문이 좀 특수해서 키도 비싸거든요. 아, 여기는 엘리베이터가 없습니다. 아무래도 건물 전체의 중량도 줄여야 하고, 예산 문제도 있어서 미처 설치하지 못했습니다. 그래서 4층에 머무시는 분들은 계단을 꽤 올라야 하는데, 양해를 부탁드립니다. 3층은 현재 공사 중이라 사용이 힘들고요. 그럼 각자 방에서 푹 쉬시고 저녁 8시에 1층 식당에서 뵙겠습니다. 그 전까지 1층에 있는 여러 시설을 이용하든 타워 밖에서 시간을 보내든 선택은 자유입니다. 아, 아쉽지만 아쿠아리움은 아직 이용할 수 없습니다. 다만 개장이 된다면 멋진 곳이 될 것이고 바닷속까지 관찰할 수 있을 예정입니다. 이곳, 아직 가칭입니다만, 수상탑에는 네 명의 직원이 있습니다. 두 명은 타워의 전반적인 설비와 보수를 담당하고 있어 여러분들을 응대할 수 있는 직원은 실질적으로 두 명뿐입니다만, 직원이 필요한 상황은 많지 않을 겁니다. 물론 직원분들은 여러분들을 최대한 친절히 대할 예정입니다."

　종호의 말이 끝나자마자 옆에 서 있던 두 명의 정장 차림의 남성이 고개를 숙였다. 나는 종호가 건네준 그림을 자세히 보았다.

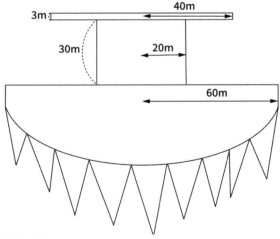

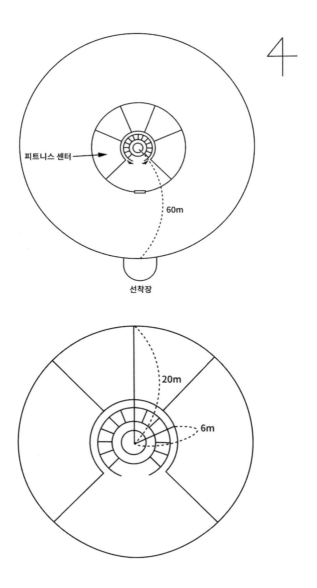

4

피트니스 센터

60m

선착장

20m

6m

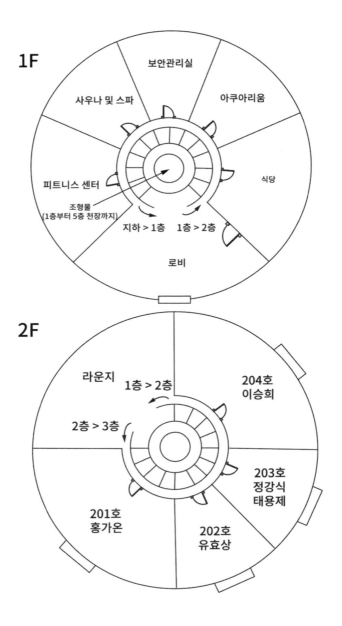

1F

보안관리실

아쿠아리움

사우나 및 스파

식당

피트니스 센터

조형물
(1층부터 5층 천장까지)

지하 > 1층   1층 > 2층

로비

2F

라운지

1층 > 2층

2층 > 3층

204호
이승희

203호
정강식
태용제

201호
홍가온

202호
유효상

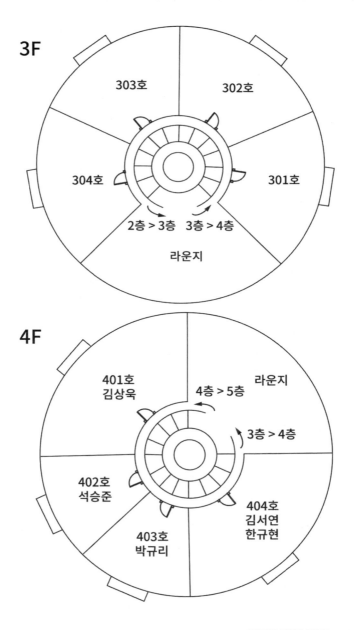

3F

303호

302호

304호

301호

2층 > 3층　3층 > 4층

라운지

4F

401호
김상욱

라운지

4층 > 5층

3층 > 4층

402호
석승준

404호
김서연
한규현

403호
박규리

각 층은 원 안에 구역이 나뉘어져 있다. 원의 가운데에는 나선 계단이 있고 나선 계단을 오르면 각 층마다 라운지가 나온다. 각 층은 구조는 비슷하지만 방향이 제각각 다르다. 표기된 방위표에 의하면 2층은 라운지가 북서쪽을 향해 있다. 3층은 남쪽, 4층은 북동쪽이다. 라운지에서 양쪽으로 복도가 나선 계단을 둘러싸며 원을 그리고 있고, 방 네 개가 위치하고 있다. 3층을 기준으로 보자면 동쪽과 서쪽의 방은 대칭적이며 크기가 꽤 크고, 나머지 두 개의 방은 벽 하나를 공유한 채 붙어 있고 크기는 동, 서쪽의 방에 비하면 절반 정도이다.

방마다 사람 이름이 적혀 있다. 내 이름은…… 아, 4층이다. 4층의 남동쪽 방, 404호다. 계단을 올라야 한다는 점에서 썩 만족스럽진 않지만, 그래도 뷰는 좋지 않을까. 그런데 다시 보니 404호에 이름이 하나 더 적혀 있다. 김서연? 흐르던 콧물이 쏙 들어갔다.

"저, 선생님. 여기에 제 이름과 함께 교수님 이름도 적혀 있는데요."

나는 종호에게 종이를 들이밀며 따졌다.

"아, 그 방은 특별히 크기가 커서 두 사람이 묵을 수 있어. 86평에다 침실이 따로 분리되어 있어서 걱정 안 해도 돼. 게스트하우스 느낌이라 생각하고 넘어가 줘. 게다가 학생은 원래 여기 올 예정에 없었잖아. 어쩔 수 없어."

나는 발끈해서 하마터면 자리에서 일어설 뻔했다.

"86평이든 860평이든, 대학원생이 교수와 같은 공간을 쓴다는 것 자체가 적절하지 않아 보여서요. 대학원생에게는 이만한 고문이 또 없습니다. 선생님께서는 예전에 교수를 하셨다니 아시겠지요. 게다가, 교수님은 여성이잖아요."

"어머, 너 나를 여자로 보는 거니?"

교수님이 깔깔 웃으며 내 어깨를 툭 쳤다.

"남자는 아니시잖아요."

종호가 내게 말했다.

"학생, 좀 이해해 줘. 같이 사용하는 건 거실과 주방뿐이야. 욕조도 따로 있다고."

"이해하기에는 너무나 중요한 문제 아닙니까?"

"하핫, 그쪽도 교수님과 대학원생인가?"

로비에 처음 들어섰을 때 본 중년 남성이 말하며 옆에 앉은 젊은 여성을 가리켰다.

"얘도 대학원생인데 나를 따라 여기까지 왔지. 대학원생이 참고생이 많아. 아, 그래도 얘는 자기가 자청해서 따라온 거다. 내가 억지로 오라고 하지 않았어. 우리야 당연히 방을 따로 쓰지만 두 명은 왜 같은 방을 쓰는 거지? 아, 혹시 그렇고 그런 사이?"

"전혀요."

정색을 하며 말하니 중년 남성이 손을 들며 미안하다는 제스처를 취했다.

"이거, 실례. 나는 Y대 도시공학과 교수 석승준. 이 친구는 석사 과정 박규리."

규리라고 불린 젊은 여성이 나를 향해 고개를 숙여 나도 모르게 따라 했다. 회색 롱코트 차림에 뒷머리를 묶었다. 눈을 마주치자 아주 조금 심장이 덜컹거리는 듯했다. 얼굴이 약간 사슴상인데 피부도 밝고 이목구비가 또렷한 게 꽤 매력적이다.

"석 교수님 밑에서 도시 계획을 전공하고 있어요. 사실 이곳 수상탑에 오자고 한 건 교수님이 아니라 저예요. 석사 논문을 해양 부유 도시로 쓸까 생각하던 와중에 교수님께서 이런 곳이 생겼다고 알려 주셔서 저도 데려가 달라고 졸랐죠."

나와 정확히 반대 상황이다.

"여튼 이해해 줘. 이 두 사람을 각각 다른 방에 배치하고 나니 남는 방이 하나밖에 없어 부득이하게 둘이 같은 방을 쓰게 됐어. 그래도 남자 교수와 여자 제자가 한방을 쓰는 것보다는 괜찮잖아."

종호의 말에 나는 A4용지에 그려진 타워의 3층을 가리켰다.

"3층은 비어 있는데요?"

"그 방은 지금 점검 중이라 사용을 못 해."

"어쩔 수 없지. 우리가 이해하자."

교수님이 태평한 얼굴로 살짝 웃음을 지으며 말했다. 웃음의 의미는 뭘까.

"그럼 오후 8시에 1층 식당에서 뵙죠. 그 전까지 편히 즐기시길. 피트니스 센터와 사우나, 식당에 딸린 바도 이용 가능합니다. 물론 전부 무료입니다. 그럼."

종호는 로비에서 나와 나선 계단을 오르며 우리 눈앞에서 사라졌다.

"규현아, 내가 좀 피곤한데 우리도 방으로 갈까?"

뭔가 썩 내키진 않지만 교수님은 방금까지 멀미로 고생하기도 했으니 어쩔 수 없다. 캐리어 두 개를 양손에 쥐다 문득 떠올랐다. 아차, 여기 엘리베이터 없지. 젠장.

"그럼 저희는 가 보겠습니다."

나는 승준과 규리에게 가볍게 고개를 숙였다.

"둘이 좋은 시간 보내고 있으라고."

승준은 뭐가 재밌는지 껄껄대며 웃었다. 마음대로 생각하시라. 양손에 캐리어를 하나씩 쥐고 흰색 계단을 오르기 시작했다. 나선 계단이라 더욱 쉽지 않았다. 계단의 안쪽보다 바깥쪽이 같은 각을 움직일 때 이동 거리가 더 긴 법이라 오른팔이 빠질 것 같았다.

"괜찮니? 도와줄까?"

"아닙니다. 다만 좀 천천히 가도 될까요?"

"그럼."

끙끙거리며 2층과 3층을 지나 4층에 도달하기 전 계단참에서 잠시 한숨을 돌렸다. 그제야 계단이 눈에 들어왔다. 계단은 백색 대리석으로 만들어져 고급스러움이 뿜어져 나왔다. 밝은 베이지색의 벽면과 꽤 합이 잘 맞는다. 나선 계단의 중앙부에는 계단과 마찬가지로 나선형으로 회전하며 가느다랗게 높이 솟아 있는 조형물이 보인다. 스테인리스 스틸 골격에 반투명한 아크릴을 사용한 듯했다. 아크릴 밑에 있는 LED에서 빛이 나오며 조형물의 표면을 따라 물이 흐르고 있다.

"어때?"

목소리에 위를 올려다보니 종호가 있었다. 그는 너무나 감사하게도 내가 들던 캐리어 두 개를 모두 들어 주었다.

"멋지네요."

"1층부터 5층 천장까지 관통하는 거야. 바다와 하늘을 연결하는 기둥이라는 의미를 담고 있지. 흘러내리는 물은 물의 순환이고."

"직접 만드신 건가요?"

"그런 능력은 안 되고, 프랑스 아티스트에게 주문했어."

나와 교수님이 쓸 방인 404호 앞에 도착했다. 황금색 메탈 소재의 문에는 카드 하나가 테이프로 고정되어 있다. 문에 새겨진 '404'라는 흰색의 글자가 번쩍 빛을 냈다. 나는 재빨리 카드를 리더기에 갖다 대고 문의 손잡이를 잡았다. 평소 호텔 같은 곳에 가면 카드를 갖다 대서 문을 여는 것이 나의 은밀한 취미였다.

"문이 안 열리는데요?"

"당기는 게 아니라 미는 거야."

"어우, 문이 엄청 무거운데요."

종호가 웃으며 말했다.

"그렇지? 무게가 200kg 정도는 나가니까."

"이곳에 와서 처음으로 살짝 실망했습니다."

"이해해 줘. 다 안전을 위한 거야. 하지만 타워와 플랫폼의 전체 무게인 12,273톤에 비하면 새 발의 피지."

"그렇게 무거운데 뜰 수가 있는 거야?"

"플랫폼 아래쪽에는 수많은 허니콤 복합 구조체가 있어. 거기에 중앙 부력 탱크와 보조 부력 탱크도 있지. 플랫폼의 수중 체적을 고려하면 발생하는 부력은 대략 92,739톤이야. 건물을 띄우고도 한참 남지. 그리고 플랫폼 아래쪽의 거의 모든 각각의 부분이 가하는 부력의 크기를 정밀히 조절할 수 있어. 따라서 아무리 높은 파도가 와도 안정적으로 수평을 유지할 수 있지."

"일단 문을 열겠습니다."

두 사람의 이야기를 가만히 듣고 있기도 뭐해서 두 손으로 문을 밀었다. 두 손으로 여는 문이라니 조금 독특하다. 게다가 보통 호텔 같은 곳의 문은 복도 쪽으로 열리기 마련인데 이 또한 이상했다. 문을 열자 대리석 바닥의 현관과 함께 밝은 계열의 원목이 깔린 방 내부가 보였다. 라운지에서 봤던 흰색 소파가 있고 천장에 샹들리에가 달려 있다. 흰색의 벽에는 이름 모를 수채화를 담은 액자가 걸려 있다. 방 하나가 웬만한 집 크기 정도는 되어 보였다.

"아까도 말했지만 이 객실은 86평. 석 교수와 제자가 쓰는 방은 43평이야. 차이가 엄청 나지? 층고는 4m야."

과연. 이 정도면 교수님과 함께 방을 쓴다는 불편함을 감수할 만한가.

캐리어를 놓고 침실로 들어갔다. 흰색의 킹사이즈 침대 두 개가 나란히 놓여 있다. 그 뒤로 거대한 통유리창이 보였다. 가까이 다가가니 창 너머로 드넓은 동해 바다가 펼쳐졌다.

"어머, 뷰가 엄청 좋네."

교수님이 간만에 밝은 목소리로 말했다.

"그렇지? 여기 404호랑 401호가 86평에 방이 제일 좋아. 4층이라 뷰도 좋고. 거기다 401호는 멀리 육지가 보이는데 여긴 그런 거 없이 수평선이 깔끔하지. 욕조도 한번 봐."

욕실 또한 전면이 바다를 향한 통유리로 되어 있다. 세면대와 대형 거울, 샤워 부스와 욕조가 있다. 욕조는 두 사람이 들어가면 딱 맞을 크기다. 바닥과 벽은 모두 대리석이다.

"욕조에 몸을 담근 채 탁 트인 오션 뷰를 감상할 수 있지."

"창문은 어떻게 열죠?"

"통유리라 창문은 없어. 대신 발코니가 있는데."

침실에서 거실로 나와 바다 쪽으로 향하니 통유리로 되어 있는 문이 보였다. 문 바로 너머의 공간이 발코니인 듯하다. 문이 투명하니 가슴이 뻥 뚫리는 것 같다. 나는 떨리는 마음으로 두 손으로 손잡이를 쥐었다. 역시나, 유리로 만들어졌지만 이 문도 매우 무겁다. 심지어 현관문보다 더 무거운 것 같다. 발코니로 가는데 슬라이딩이 아닌 여닫이문이라니 맛이 안 산다. 발코니의 문 역시 방 안쪽에서 밖으로 밀어 여는 형태였다. 발코니는 매우 좋았다. 투명한 유리 난간 밖으로 끝없는 바다가 펼쳐져 있다. 천장이 없어 보기만 해도 속이 확 뚫렸다. 때마침 바람이 불어와 기분이 좋아졌다. 발코니의 바닥은 선착장처럼 합성 목재로 되어 있고 테이블과 의자가 놓여 있다. 테이블 위와 발코니의 한쪽 벽면에는 다양한 꽃이 화분에 심겨 있다. 라벤더와 로즈마리, 유칼립투스가 밝은 베이지 색의 대형 화분 두 개와 소형 화분 두 개에서 자라고 있었다.

"각 층의 86평짜리 방의 발코니는 천장이 없이 하늘이 확 뚫려 있어 더 좋아. 43평짜리 방들은 위층의 발코니 바닥이 천장 역할을 해서 위가 가로막혀 있지."

방 안으로 들어와 발코니의 문을 닫았다. 이거, 당기려고 하니 더 힘들다.

"대체로 아주 훌륭한데요. 다만 방과 발코니를 몇 번 왔다 갔다 하면 금세 힘이 빠지겠어요."

"사실은 현관문과 발코니 출입문 모두 전동식 개폐 시스템이 있어. 문 옆에 빨간색 버튼이 있잖아."

그 말을 듣고 보니 과연 버튼이 보였다. 이 아저씨, 내가 고생하는 꼴을 보려고 가만히 있었던 것이다.

"이 문과 현관문은 둘 다 자동으로 닫히진 않아. 다칠 수도 있으니까."

"괜찮다면 몇 가지 여쭤보아도 될까요?"

내 말에 종호는 손목시계를 보더니 고개를 끄덕였다.

"아직 시간이 좀 남긴 했는데 짧게 부탁해도 될까?"

"실은 이곳에 오는 길에 배 안에서 따님과 몇 가지 대화를 나눴습니다. 강식이라는 선생님과도요."

"오, 그렇구나. 딸이 사회성이 좀 부족한데 결례를 범한 건 아닌지 걱정되네."

나름 범하긴 했지만 그 얘긴 하지 않기로 했다. 물론 종호의 이전 아내에 대한 얘기도 마찬가지다. 나는 나름 사회성이 있으니까.

"오늘 중대 발표가 있다고 들었는데요. 따님의 말로는 이제 인류는 어떤 수단을 써도 지구의 기온 상승을 막을 수 없다고 하더군요."

"음, 맞아."

"정말인가요?"

종호의 눈매가 살짝 매서워졌다.

"들어 봤겠지만, 지금 지구의 이상 기후는 매우 심각해. 당장 우리나라만 봐도 알 수 있지. 혹시, 올여름 우리나라의 바다가 전 지구상에서 가장 뜨거웠다는 사실을 알고 있나?"

"처음 듣는데요. 이유가 뭔가요?"

"정확히는 온도가 가장 많이 오른 건데, 이유는 몰라. 알아낼 수도 없고, 어차피 이유를 알아내 봤자 우리가 할 수 있는 건 없어. 우리나라는 이미 기후 변화로 인해 심대한 타격을 받고 있지. 이끼는 말할 것도 없고, 어제의 최저 기온이 오늘의 최고 기온이 되는가 하면 어제의 최고 기온이 오늘의 최저 기온이 되기도 하지. 동해 바다에는 꼬막의 개체 수가 급감하고 황새치나 참다랑어 같은 아열대성 어종이 눈에 띄게 증가하고 있어. 참다랑어의 수는 많아지지만 쿼터제 때문에 많이 어획할 수 없으니 전혀 이익이 아니지. 고수온으로 양식장 물고기는 대량 폐사하고 있어. 우리나라 어업인들에게 도움이 될 만한 품종은 새우 외에는 거의 없지. 비단 우리나라뿐만이 아니야. 스페인선 1년 치 비가 여덟 시간 만에 내려 400명이 넘는 사람들이 죽었어. 남극에는 초원이 펼쳐지고, 시베리아에는 38도의 폭염이 덮쳤어. 캐나다 북부 지방에는 기온이 49도까지 올랐고. 유럽선 폭염으로 3만 명이 넘게 사망했으며, 중국선 52도를 찍은 적도 있지. 아, 베링해에서는 100억 마리의 대게가 사라졌어. 그 이유가 뭘까?"

"너무 남획했기 때문인가요?"

"수온이 높아진 바람에 신진대사가 활발해져서 칼로리 요구량이 높아진 거야. 베링해의 수온은 3도가 높아졌는데 그 때문에 대게들은 두 배의 먹이가 필요했고 식량 경쟁이 진행되면서 다 굶어 죽은 거지."

"대게를 좋아하지 않아 와닿진 않는데, 슬픈 일이네요."

"대게뿐만이겠나."

"그런데 인류가 정말 어떤 수단을 써도 지구의 기온 상승을 막을 수 없나요?"

"그래."

"이산화탄소 배출량을 줄일 수 있는 기술이 연구되고 있다고 들었는데요."

"그 연구가 성공하든 실패하든 아무런 상관 없어. 이미 지구는 인간이 개입하지 않아도 스스로 기온을 올리는 단계에 접어들었으니까. 지금 지구는 인류가 이산화탄소 배출량을 0으로 만들어도, 아니 오히려 대기 중의 이산화탄소가 줄어들더라도 기온이 계속해서 오를 거야."

"실례지만, 그 근거는요?"

"그건 말할 수 없어. 근거가 빈약하기 때문이 아니야. 신뢰도는 자부할 수 있어. 지금 그걸 공개하고 싶지 않을 뿐이야. 사회적 파장을 염려하는 게 아니라, 지금 공개하면 왠지 손해를 볼 거 같아서 그래."

"그럼 인류는 어떻게 돼?"

가만히 듣고 있던 교수님이 물었다.

"일단 물이 없어서 농사를 못 지을 거야. 부산의 3분의 1은 지도에서 삭제되고, 북극은 통째로 소멸되지. 하루 평균 강수량은 800mm가 될 거야. 이건 아무리 늦어도 7년 후에는 백 퍼센트 일어날 일이고, 빠르면 2년 후일 수도 있지. 우리가 할 수 있는 건 기도밖에 없어."

그렇다면 높은 확률로 내가 박사가 되기 전에 인류가 파멸을 맞이한다는 소리다.

"그래서 수상탑을 건설하신 건가요?"

"맞아. 그런데 수상탑이라는 이름은 일단 임의로 붙인 거고, 정식 명칭은 고민 중이야. 될 수 있으면 화려하게 지어야지."

"수상탑은 언제부터 건설하기 시작하셨죠?"

"2년 전 이끼가 한반도를 덮친 직후였지. 완공은 석 달 전."

"제가 건축 쪽은 잘 모르지만 이런 거대한 구조물을 2년도 안 돼서 짓는 게 가능한가요?"

"돈을 아주 많이 퍼부으면 가능하지."

"그럼 일단 이곳은 이끼 같은 태풍은 겪어 본 적이 없는 거네요."

"그건 걱정 안 해도 돼. 계산 결과 이끼의 최대 풍속인 82m/s의 강풍이 불면 상하로 1.5m 정도가 움직이고, 최대 5도 정도로 타워가 기울어지긴 하겠지만, 내부에는 수많은 안전장치가 있기 때문에 사람들은 안전할 거야."

그 정도면 상당히 심각한 게 아닌가 하는 생각이 들었지만 굳이 입 밖으로 꺼내진 않았다. 종호가 손목시계를 보았다.

"시간이 너무 많이 지났네. 그럼 푹 쉬고 8시에 1층 식당에서. 아, 중대 발표는 그것 말고도 또 있어. 그건 그때 가서 얘기하지."

종호가 방에서 나가자 교수님이 침대 위에 풀썩 누웠다.

"아, 힘들어라. 규현아, 너도 누워."

"괜찮습니다. 제 침실은 따로 있으니까요. 하나 여쭤봐도 되겠습니까?"

"뭐?"

"교수님은 저분과 특별한 관계였나요?"

"어머, 역시 눈치챘구나."

처음 항구에서 만났을 때부터 뭔가 심상치 않아 보였다.

"종호랑은 예전에 사귀었어. 같은 고등학교와 대학교를 나왔거든. 연구 분야는 전혀 다르지만 나름 잘 만났지. 종호가 나랑 헤어지고 곧바로 결혼했을 땐 꽤나 미웠지만, 이젠 다 지나간 일이야."

교수님은 아무래도 종호가 병든 아내를 버리고 바람을 피운 사실은 모르는 듯하다. 모르는 게 나을 수도 있겠다.

"저분의 어디가 좋았나요?"

교수님은 내 말에 잠시 가만히 있더니 웃음을 터트렸다.

"질투 나니?"

"그냥 궁금증입니다. 우주는 어떻게 생겼을까 하는 그런 거요."

"너무 오래전이라 기억이 안 나지만, 쟤랑 만나면서 나는 내 신발 끈을 한 번도 내가 묶은 적이 없어. 식당에서도 단 한 번도 내 손으로 물을 뜬 적이 없고, 가방이나 캐리어를 한 번도 내 손으로 든 적도 없지. 아, 머리도 한 번도 내 손으로 말린 적이 없네."

그 정도라면 애정이 아니라 교수님이 아무것도 못 하는 사람이라 옆에서 전부 다 도와줘야 하는 건 아닌가 하는 의심이 든다.

"생각해 보니 너랑 비슷하네?"

"무슨 뜻인가요?"

"너도 식당에서 내 물을 늘 떠 주고 가방이나 캐리어를 늘 들어 주잖아."

"아뇨, 아닙니다. 저는 교수님 머리를 말린 적이 없잖습니까."

"그럼 이번 기회에 말려 주겠어?"

"그게……."

"농담이야."

최근에 교수님이 나를 놀리는 데에 도를 넘은 듯한 기분이 든다. 하지만 뭐라고 말할 수도 없는 노릇이다.

"피곤하니 씻고 자야겠어."

"그럼 저는 잠시 나가 있겠습니다."

"어머, 왜? 너도 피곤할 텐데 쉬어. 내 머리도 말려 줘야지."

"아닙니다."

나는 황급히 방에서 빠져나와 복도를 걸어 라운지로 갔다. 라운지에도 흰색의 소파가 있었다. 소파에 털썩 앉았다. 매우 피곤하다. 그래도 이곳에 도착한 뒤로 콧물은 좀 멈춘 듯했다. 소파의 등 뒤로 나 있는 창을 보니 바다가 펼쳐져 있다. 하늘이 흐리다. 먹구름이 그새 잔뜩 끼었다. 아까는 분명히 햇빛이 비쳤는데 날씨 변화가 너무 빠른 게 아닌가. 그러다 갑자기 창에 물방울이 하나둘 생기더니 우수수 쏟아지기 시작했다. 비다. 이렇게 갑작스런 기상 변화는 못 봤기에 꽤나 당황스럽다.

내가 지나온 복도의 반대쪽에서 누군가 걸어왔다. 위아래 회색 추리닝을 입고 캡 모자를 쓴 중년 남성이다. 손에 갈색의 작은 책을 쥐고 있다. 나는 재빨리 자리에서 일어서 고개를 숙였다. 캡 모자가 악수를 건네며 말했다.

"처음 보는 분이시군요. 성함이?"

"한규현입니다. 김서연 교수님과 같이 왔습니다."

"아, 김서연 씨라면 종호 씨 예전 애인이군요. 보자, 지금 애인으로부터 일곱 번째 전이던가. 첫 번째는 돌아가신 부인이고."

"종호라는 분의 매니저이신가 봐요."

"후훗, 거의 매니저라고 봐도 되겠죠. 안 지 오래됐으니까요."

"무슨 일을 하시나요?"

"사업합니다."

캡 모자가 내게 명함을 건넸다. 명함에는 '김상욱'이라는 이름과 휴대전화 번호, 이메일만 적혀 있었다.

"방글라데시에서 사업을 하고 있죠."

"방글라데시라면 전 세계에서 행복 지수 1위인 나라 말인가요?"

"하하, 아직도 그렇게 알고 계신 분이 있다니. 대학원생 아닙니까?"

"맞습니다."

"방글라데시 국민의 80% 이상은 글을 몰라요. 그러니 20%만 행복 지수 설문 조사에 응할 수 있다는 거죠. 방글라데시에서 설문 조사에 응할 수 있을 정도로 글을 아는 사람이라면 아무래도 행복하겠죠?"

"그럼 선생님께선 방글라데시의 실제 행복 지수를 높이기 위한 사업을 하고 계신 건가요?"

"저는 엄연한 사업가입니다. 돈을 버는 게 제1 목적이죠. 하지만 방글라데시 주민들의 행복 지수를 높일 수 있다면야 기꺼이 2순위로 둘 순 있습니다. 실제로도 그렇게 하고 있다고 생각합니다. 성경의 가르침대로 말이지요."

아아, 손에 들고 있는 책이 성경인가.

"평소에도 늘 성경을 들고 다니시나요?"

"물론입니다. 전 독실한 기독교 신자니까요."

교수님도 나름 독실한 기독교 신자이다. 성경을 물리적으로 들고 다니는 것보다 말씀을 마음에 새기고 실천하는 게 더 중요한 의미를 갖지 않을까 싶지만 사람마다 다 방식이 다를 것이다.

　"성경의 가르침대로라면, 어떻게 하고 계신가요?"

　"방글라데시의 식수로 이용되는 지하수 정화 사업을 하고 있습니다. 아마 모르실 텐데, 방글라데시의 지하 지반은 비소를 많이 포함하고 있거든요. 그래서 지하수에 비소가 많이 녹아들어 그걸 먹는 사람들, 특히 아이들이 비소 중독으로 고통받고 있죠. 혹시 비소는 아시는지."

　"다행히 알고 있습니다. 성경에 비소가 나오나요?"

　상욱이 잠시 콧등을 찡그렸다. 내 말이 무례했나.

　"요한계시록 21:6, 내가 생명수 샘물을 목마른 자에게 값없이 주리니. 마태복음 10:42, 누구든지 제자의 이름으로 이 작은 자 중 하나에게 냉수 한 그릇이라도 주는 자는 결단코 상을 잃지 아니하리라. 이사야 21:14, 데마 땅의 거민들아 물을 가져다가 목마른 자에게 주고. 잠언 11:25, 구제를 좋아하는 자는 풍족하여질 것이요 남을 윤택하게 하는 자는 자기도 윤택하여지리라. 히브리서 13:16, 오직 선을 행함과 서로 나누어 주기를 잊지 말라 하나님은 이 같은 제사를 기뻐하시느니라."

　말을 마친 상욱이 눈을 가늘게 뜨고 쳐다봤다.

　"성스럽군요. 그럼 종호라는 분과 함께 방글라데시의 아이들을 구하신 건가요?"

"아뇨, 그건 저 혼자고, 종호는 방글라데시의 기후를 조사하러 딸과 몇 번 왔었죠."

"딸과?"

"딸이 유니세프로 아이 한 명을 정기 후원했거든요."

"지금은 안 하는가요?"

"네. 후원했던 아이가 죽었습니다."

"어쩌다가."

"방글라데시가 강수량이 많은 건 아실지 모르겠습니다. 특히 동남부의 치타공이라는 지역이 어마어마한데 7월에 평균 880mm의 비가 내립니다. 그런데 2년 전 초대형 폭우와 함께 대홍수가 났어요. 그날 하루에 쏟아진 강수량이 1300mm에 달했습니다. 우리나라의 연평균 강수량의 최대치 정도죠. 수많은 사람들이 죽었어요. 딸이 후원하는 아이도요. 하마터면 저도 쓸려 갈 뻔했습니다. 사업장이 그곳이라."

"비극이네요."

"확실히 지구의 이상 기후가 매우 심각한 단계에 이르렀는지도 모르겠습니다. 우리나라의 이끼도 그렇고, 설명할 수 없는 현상이 계속해서 벌어지고 있어요."

"그러고 보니 중대 발표가 있다는데, 가온의 말로는 '지구의 기온 상승을 막을 수 없다'가 그 내용이라고 하던데요."

"그런가요? 그것참 아쉽습니다. 저는 1층의 바에서 술이나 마시려는데, 한 잔?"

"제가 술을 안 해서요."

"아쉽네요. 시편 104:15에서 사람의 마음을 기쁘게 하는 포도주를 하나님의 선물이라 말했는데요. 그럼."

상욱은 곧 나선 계단을 내려가 눈앞에서 사라졌다. 어느새 밖엔 완전히 장대비가 내리고 있었다. 비 때문에 유리창으로 바깥 풍경이 제대로 보이지 않을 지경이었다. 이 또한 설명할 수 없는 현상일 것이다. 갑자기 이 건물 안에서 그대로 익사하는 건 아닌가 하는 걱정이 들었다. 아무래도 1층에 내려가 봐야 할 것 같다. 휴대전화를 들어 시각을 확인하니 오후 6시 30분……인데, 휴대전화 화면 맨 위에 표시된 안테나에 줄이 그어져 있다. 여기가 통화권 이탈 지역이었나.

1층 로비에는 사람이 다섯 명 정도 있었다. 두 명은 똑같은 검은색 유니폼을 입고 있는 걸로 보아 이곳에 상주하는 직원인 듯하다. 나머지 세 명 중 한 명은 석승준 교수고, 두 명은 처음 보는 얼굴이다. 석승준 교수는 로비에 구비된 책을 보고 있었다.

"그러니까, 다 사기라니까요."

갈색으로 염색한 짧은 머리의 젊은 남자가 소파에 앉아 외쳤다.

"증거가 있나?"

맞은편에 앉은 회색 패딩을 입은 중년의 남자가 물었다.

"증거는 지금부터 찾아야죠. 어, 뉴 페이스다."

짧은 머리가 나를 보며 개를 부르듯 이쪽으로 오라는 손짓을 했다.

"아저씨도 얘기를 들어 보세요."

뭐라고.

"저를 부르는 거라면 전 아저씨가 아닙니다. 스물일곱 살이에요."

"그러니까요, 아저씨."

나는 고개를 절레절레 저으며 적당히 떨어진 곳에 자리를 잡았다. 회색 패딩이 짧은 머리를 가리키며 말했다.

"이 사람, 골 때리네. 어떻게 해 봐."

"왜 그러시나요?"

"글쎄, 지구 온난화를 조작이라고 계속 우기지 않나."

나는 짧은 머리를 쳐다보았다. 짧은 머리가 나를 바라보며 고개를 끄덕였다.

"주작이죠."

"주작은 사신 중 하나가 아닌가?"

"아저씨, 요새 MZ들은 조작을 주작이라고 말해요. 여튼 새로 온 아저씨도 지구 온난화가 주작이라는 데에 동의하죠?"

짧은 머리 이 남자, 쉽지 않겠다는 느낌이 바로 왔다. 아저씨라는 호칭은 그냥 받아들이는 게 편할 것 같다.

"지구 온난화가 주작인가요?"

"네."

"구체적으로 어떤 게 주작인가요?"

"지구 온난화와 관련된 모든 게 주작이죠. 지구 기온이 오르고 있다는 것도요."

"지구 기온이 오르고 있다는 건 과학적 증거가 이미 많지 않나요?"

"지금은 그냥 지구의 기온이 주기적으로 오르는 시점일 뿐이에요. 지구가 탄생한 이래 주기적으로 이어져 온 현상이죠."

"방금 지구 기온이 오르고 있다는 게 주작이라고 하셨잖아요."

"원래 거짓 속에 진실을 조금 넣는 게 더 효과가 있는 법이에요."

"그렇다면 2년 전의 이끼는 어떻게 설명하시나요?"

"주작이죠."

"태풍으로 입은 막대한 피해가 모두 주작이라는 건가요?"

"아뇨, 피해는 사실이죠. 이끼라는 태풍이 주작이라는 거죠. 인공적으로 만들어졌다는 거예요."

비웃음이 새어 나오려는 찰나에 아까 가온이 한 말이 떠올랐다. '이끼의 파괴력은 온전히 지구 온난화 때문만은 아니다.'라고 했었다. '기후 조작'이라고도 했다. '짐작 가는 이유'도 있다고 했다.

갑자기 흥미로워졌다. 가온이 아무리 천재라고 해서 그 아이가 하는 모든 말을 다 믿는 건 아니지만 적어도 이 사람보다는 신뢰할 수 있을 것이다.

"누가, 왜 만든 거죠?"

"누군지는 조사를 해 봐야 하고, 만든 이유는 뻔하죠. 돈이에요. 환경 단체들이 돈을 벌기 위해 꾸민 짓이죠."

"이봐."

회색 패딩이 내 쪽으로 팔을 뻗었다.

"이 사람의 말에 동의하는 건 아니지?"

"글쎄요. 더 들어 보고 판단해야 하지 않을까요."

"허. 대학원생이라고 하지 않았나, 우주를 연구하는? 그런 사람이 지구 온난화가 조작이라는 허무맹랑한 의견에 동의하는 거야?"

물론 평상시였다면 들은 체도 안 했을지 모른다.

"저도 들은 게 있어서요."

"그것참! 이 학생과 한패였단 말이야?"

"앗, 그런가요?"

나를 보는 짧은 머리의 눈빛이 반짝이는 것처럼 보였다.

"그게 아니라."

"말세네."

회색 패딩은 자리에서 일어나 식당과 바 쪽으로 이어지는 복도로 사라졌다.

"궁금하신 거 있으세요?"

짧은 머리가 갑자기 주머니에서 수첩과 펜을 꺼냈다.

"아뇨, 일단은. 그, 여기엔 어쩐 일로 오신 건가요?"

"종호 형님이 저를 초대했죠."

"평소 알고 계신 사이였나요?"

"형님은 아빠 친구인데, 아빠랑 완전 불알친구였죠. 아빠가 돌아가신 뒤로 절 많이 챙겨 주셨어요. 그래서 오늘 여기에도 초대해 주시고요. 감사하죠."

"성함이?"

"저는 태용제라고 해요. 스물두 살 대학생인데 휴학 중. 아저씨는요?"

"저는 한규현입니다. 아까 말했지만 스물일곱 살이고, 대학원생이에요. 전공은 우주론, 힉스 입자, 암흑 물질 쪽이죠."

잠깐. 이 사람 지금 종호라는 분에겐 형님이라 부르고, 나한테는 아저씨라고 하는 건가?

"우와, 힉스 입자, 그거 신의 입자 아니에요?"

"뭐, 맞아요."

"그거 다 구라잖아요. 믿으세요?"

"뭐, 구라일 가능성이 없진 않죠."

실제로 힉스 입자라는 게 그렇다. 내가 배운 지식의 테두리 안에서지만.

"어때요? 여기 1층 사우나에서 기후 조작을 어떻게 파헤칠지 논의라도 해 볼까요?"

"아뇨, 전 같이 씻는 걸 안 좋아해서요. 그보다도 밖에 비가 엄청 오죠?"

"아유, 완전 퍼붓는걸요."

"그것도 주작일까요?"

용제가 갑자기 자리에서 일어나 박수를 쳤다.

"역시, 눈치채셨군요. 훌륭한데요?"

"감사합니다. 그런데 주작인 이유는 잘 모르겠네요."

"인공 강우 같은 거죠, 뭐. 이끼를 만든 것처럼요. 아마 무기도 동원됐을 겁니다. 아까 폭탄이 터지는 듯한 소리가 났거든요."

"폭탄이요?"

"네. 비가 너무 많이 와서 확인해 보진 않았습니다만 조심하세요. 확인하러 나갔다간 기후 조작단의 손에 살해당할지도 모르니까요."

"무섭군요."

"혹시 휴대폰 번호를 알 수 있을까요?"

이 사람, 진심이다. 여기서 빨리 정중하게 선을 그어야 하는데 쉽지가 않다. 그리고 이 사람 어딘가 재밌기도 하고 궁금하기도 하다. 아까 가온의 발언과 맥이 이어져서 그런가. 평소 내가 음모론에 아예 관심이 없어 처음 접해 보는 신문물에 흥미를 느끼는 것인가.

"제가 초면에는 번호를 잘 안 드려서요. 그런데 지금, 휴대전화 안 터지지 않나요?"

"그러게요. 날씨 조작하는 놈들이 EMP라도 터트렸나 봐요. 가관이 따로 없네. 전 그럼 사우나에서 몸 좀 지지고, 좀 있다 오후 8시에 뵙죠."

용제가 난데없이 윙크를 하고는 로비를 떠났다. 이거, 생각지도 못한 방향으로 큰일이 날 수도 있겠다.

"고생했네."

승준이 책을 덮으며 내게 말했다.

"아닙니다. 꽤나 즐거운 대화였어요. 폭탄이니 EMP니 선을 좀 넘는 이야기를 했지만요."

"EMP는 나도 잘 모르겠는데, 폭탄은 사실일 거야."

제3장 암전

"네?"

나도 모르게 되묻고 말았다.

"실제로 밖에서 폭탄이 터졌다는 건가요?"

"폭탄 소리를 듣고 나가 봤지. 비가 소나기 내리듯 오더라고. 뭐, 지금도 그렇지만. 여튼 나가 봤더니 선착장 쪽에서 검은 연기가 피어오르더라고. 자세히 보니 역시 배였어. 우리가 타고 온 보트 말이야. 정확히는 모르지만 불도 나고 검은 연기가 엄청나게 나는 게 분명 폭발한 걸 거야."

"……보트가요?"

"그래."

"그럼 지금 저희가 육지로 갈 수 있는 방법이?"

"없어."

"휴대전화도 안 터지고요."

"맞아."

"보트는 정말 폭탄에 의해 파괴된 걸까요?"

"그건 모르겠지만 스스로 터진 걸로는 안 보였어."

"폭탄은 누구 짓일까요?"

"몰라."

"다른 사람한테 얘기하셨어요?"

"아니."

"꽤 여유로우시네요."

"수상탑의 안전성은 이미 입증됐으니 괜찮아. 식량 걱정은 안 해도 되겠지. 뭐하면 물고기를 잡아서 먹어도 되고."

"혹시 다른 사람에게 이곳에 온다고 말을 하셨나요?"

"아니."

"왜죠?"

"그야 종호가 최측근만 불러 초대하기도 했고, 아직 수상탑을 공개할 마음이 없어 보였으니까. 여기 오는 건 비밀로 해 달라 그랬거든. 그럼 학생은? 부모님에게 얘기했을 것 아닌가."

"제가 애도 아니고요. 일단 저는 부모님이 양쪽 다 안 계시지만요."

"미안하네. 몰랐어. 그래도 학생의 교수는 누군가에게 얘기했겠지."

"아시는 게 이상하죠. 저희 교수님은 오늘 어디로 가는지도 몰랐어요. 저는 그냥 약속 장소인 항구로 운전만 했고요."

"그럼 그쪽도 글렀다는 건데."

"그렇죠."

승준은 양 손바닥을 위로 향하게 펼치며 어깨를 으쓱했다.

"아까는 좋은 시간을 보냈나?"

"아뇨."

"아쉽네. 저녁 식사까지 한 시간 남았는데 바에서 술이라도?"

"술을 안 해서요."

"스낵이랑 간단한 음식도 있어."

"곧 밥을 먹을 건데요. 그럼 전 가 보겠습니다. 아, 아까 읽던 책은 재밌었나요?"

"추리소설인데, 딱 킬링타임용이더라고. 읽어 볼 텐가?"

"추리소설은 싫어해서요."

고개를 까닥하며 인사를 건네고 나선 계단을 올랐다. 말을 많이 하는 스타일이 아니라 기가 빨린 것 같다. 방에 돌아가도 교수님이 있으니 편히 쉴 순 없겠지만 처음 보는 사람과 대화하는 것보단 괜찮으리라.

계단을 오르다 폭탄이 터졌다는 말이 떠올랐다. 정말? 이제 생각해 보니 연기의 정체는 단순히 보트의 엔진이 폭발해서 생긴 것 아닐까. 단순히라고 치부할 수 있는 건 아니지만. 어찌 됐든 발이 묶인 것 아닌가. 종호는 이 사실을 알고 있으려나.

4층에 도착해 라운지 쪽 창으로 밖을 내다봤다. 시각은 오후 7시 15분. 밖은 어느새 깜깜했다. 바다로 추정되는 곳은 완전한 어둠이었다. 바다와 하늘이 어둠 속에 섞여 구분이 되지 않았다. 플랫폼 곳곳에 있는 조명 덕분에 여전히 비가 세차게 내린다는 사실은 알 수 있었다. 이쯤 되면 파도도 엄청 높게 칠 텐데 다행히 탑은 전혀 기울어지지 않는 듯하다. 어떻게 지었는지 참으로 신기하다.

그때 뒤에서 누군가가 걸어왔다. 석승준 교수의 제자 박규리였다. 몸에 딱 붙는 청바지에 역시 몸에 딱 붙는 흰 티 차림이다. 묶었던 뒷머리는 풀어 검은 생머리가 찰랑거렸다. 샴푸 냄새인지 향수 냄새인지 모를 무언가가 코와 마음을 강렬히 자극했다.

"아."

얼굴이 화끈거리는 것 같았다.

"비가 많이 오네요."

규리는 나를 따라 창밖을 보더니 소파에 앉았다.

"제 이름은 한규현입니다."

내가 이름을 밝히니 규리가 싱그러운 웃음을 지었다.

"그렇구나. 몇 살이에요?"

"스물일곱 살입니다."

"전 스물다섯. 오빠네요. 이론 입자 물리 전공이라니. 그거 천재만 할 수 있는 거 아니에요? 대단해요."

나는 머리를 긁적였다. 분명 얼굴이 붉게 변해 있을 것이다.

"아닙니다."

"천재만 할 수 있는 게 아니라고요?"

"제가 천재가 아니에요."

"교수님 뒤치다꺼리하려니 힘들죠? 아까 보니까 캐리어도 대신 들어 주던데. 그 정도까진 하지 않아도 괜찮잖아요?"

"교수님이 멀미에 시달리느라 지치셨으니까요. 게다가 저는 교수님께 빚을 많이 졌거든요."

"빚이라면요?"

"제가 부모님이 없는데, 교수님이 대신 잘 챙겨 주셨죠. 학부 때는 기숙사에 떨어졌는데 자취방 보증금도 빌려주셨어요. 그 때문에 교수님 연구실에 들어가게 됐지만 적성에도 맞으니 만족합니다. 연구비에다 별도로 용돈까지 주시니 이보다 더한 은인이 없죠."

"그렇구나."

규리가 갑자기 뒤를 돌아봤다. 아무도 없는 걸 확인하는 듯했다.

"제 교수님은 최악이에요."

"어떤데요?"

"우선 매우 싸가지없게 말을 하세요. 욕은 기본이고요. 연구실 단체 채팅방이 있는데, 거기다 이렇게 말씀하세요. '시간 지났다고 졸업을 그냥 시켜 주지 않는다. 원형 탈모가 생기고 나를 보면 존나 무섭게 느껴져야 졸업할 수 있다.'라고요. 그리고 연구실 뒷문이 있는데, 뒷문으로 출근하면서 '어떤 개새끼가 뒷문을 열었지?'라고도 말하고요."

예쁜 얼굴에서 욕이 나오니 무척 섬뜩했다.

"그게 끝이 아니에요. 교수님 아들이 무슨 작가인데, 전시회에 다들 필수로 참석하라고 하면서 후원금도 내라고 해요. 교수들끼리 서로 자녀 스펙도 쌓아 주고, 대학원생 개인 정보는 뭐 자기 정보처럼 이용하죠. 연구비를 개인적으로 사용하는 건 기본이고 지인 자녀를 대학원에 입학시켜 주기도 하고. 아, 정치 성향도 강요하더라고요. 교수라는 존재는 정말, 대학원생에게 있어서는 스승이자 가해자예요. 그러면서도 월급 주는 사장님이고. 미치는 거예요."

"말로는 듣긴 했는데 그런 교수가 정말 있군요."

"오빠, 여자 친구는요?"

"없습니다. 그, 규리 씨는요?"

"편하게 불러도 되는데. 전 남자 친구 없어요."

"그렇군요."

"근데 오빠는 교수님이랑 엄청 가까운 사이처럼 보였어요. 뭔가 연인 느낌?"

"아닙니다."

"푸훗."

머리를 쥐어짜 냈지만 더 할 말이 생각나지 않았다.

"그나저나 어떻게 되는 걸까요? 이렇게나 비가 많이 오는 데다 타고 온 배는 엔진이 고장 나고 휴대폰도 안 터지니."

"배가 고장 났다는 소식을 들으셨나요?"

"교수님한테요."

승준은 폭탄 이야기는 숨긴 듯했다. 그런 성격으로는 보이지 않았는데 말이다. 나도 굳이 이야기를 꺼내진 않기로 했다. 사실 관계는 아직 모르기도 하니. 그때 계단에서 누군가 걸어왔다. 화려한 원피스 차림의 젊은 여성이었다. 여자는 우리 쪽을 보지도 않고 그대로 계단을 내려갔다.

"아마 좋은 시간을 보내고 오는 길인 거 같네요."

규리가 웃음을 지으며 말했다.

"무슨 뜻이죠?"

"저 여자, 이 건물 주인이랑 사귀잖아요. 열여덟 살 연하라던데. 진짜 미쳤죠?"

아아, 5층이 종호가 머무는 공간이니, 둘이서 은밀한 시간을 가졌다는 뜻인 듯하다.

"하긴, 별로 좋은 시간이 아니었을 수도 있겠네요. 어차피 돈을 보고 만난 걸 테니까요. 안 그래요?"

"저는 잘 모르겠습니다. 아, 석사 논문을 해양 부유 도시로 쓴 다고 하셨죠?"

"네."

"여기는 어떤가요?"

"좋네요. 어떻게 이렇게 튼튼하게 지었는지 궁금해요. 저녁 식 사 때 종호 선생님에게 물어보려고요. 그런데 아직 이곳을 만들 었다는 건 비밀이라 이곳을 논문 레퍼런스로 써도 될지 모르겠 어요."

"비밀이라고 해도, 정말로 아무도 모르려나요."

"지난 2년 동안 나라가 쑥대밭이 됐잖아요. 정권 교체도 있었 고, 동해 먼바다에 뭐를 띄우든 아무도 신경 쓸 틈이 없었을 거 예요."

규리가 휴대전화를 보았다.

"벌써 오후 7시 40분이네요. 20분 남았는데, 내려갈래요?"

"아뇨, 저는 잠시 방에서 쉬려고요. 교수님도 슬슬 깨워야 하 고요."

"어머, 어떻게 깨우시려고요? 키스?"

"전혀요."

"귀여워라. 난 미리 내려가 있어야지. 그럼 좀 이따 봐요."

규리는 손을 흔들며 계단을 내려갔다. 휴우. 규리만큼은 교수님과 나 사이를 놀리지 않았으면 좋겠다.

방으로 돌아왔다. 슬쩍 침실을 보니 교수님은 침대 위에서 여전히 자고 있었다. 발코니 쪽으로 다가갔다. 문을 살짝 열었을 뿐인데 거센 바람 소리와 함께 비가 안으로 쏟아져 금방 문을 다시 닫아야 했다. 건물은 전혀 흔들리지 않았다. 과연 경이로운 기술력이다. 침대 옆으로 다가가 교수님을 불러 보았지만 전혀 미동이 없다. 어쩔 수 없이 교수님의 어깨를 흔들었다.

"흐응."

교수님은 정체불명의 소리를 내며 잠에서 깼다.

"교수님, 이제 준비하셔야 할 시간입니다."

"넌 좀 쉬었니?"

"아뇨."

"피곤하겠네. 좀 쉬어. 나는 씻고 올게."

교수님이 욕실로 사라진 뒤 나는 거실에 있는 기다란 소파 위에 누웠다. 부드럽게 푹 꺼지면서도 적당히 몸을 받쳐 주는 느낌이 웬만한 침대 저리 가라 할 정도였다. 감기 기운이 다 날아갈 것만 같다.

잠이 들락 말락 하는 묘한 느낌을 즐기고 있을 때였다. 갑자기 방 안이 캄캄해졌다. 모든 불이 꺼지고 실내가 완전한 어둠에 잡아먹혔다. 어느 무엇도 보이지 않았다. 심장이 빨리 뛰기 시작했다.

"꺄악!"

교수님의 비명이 울려 퍼졌다. 다행히 휴대전화를 주머니에 넣고 있어서 곧바로 라이트를 켰다. 나는 욕실로 들어가려다가 발걸음을 멈췄다. 욕실 안에는 교수님이 벗은 채로 서 있을 것 아닌가.

"교수님, 괜찮으세요?"

"불이 꺼졌어!"

"들어가도 될까요? 제게 휴대전화 라이트가 있거든요."

"잠시만! 옷 좀 입고. 근데 옷이 안 보여!"

"그럼 제 휴대전화를 여기 바닥에 놓을 테니 가져가서 옷을 입으세요. 전 멀찍이 떨어져 있을게요. 다 되면 부르세요."

나는 휴대전화를 내려놓은 후 벽을 더듬어 가며 욕실 앞을 벗어났다. 방향으로 짐작건대 지금 손을 짚는 곳은 창일 것이다. 그럼에도 밖은 검은색뿐이다. 뭔가 다른 세계로 빨려 들어간 것 같다. 손바닥에 땀이 나기 시작했다.

"이제 들어와."

교수님의 말에 나는 욕실로 들어갔다. 교수님은 흰색 바탕에 꽃무늬의 잠옷을 입고 있었다.

"이게 무슨 일이야?"

교수님의 목소리가 떨렸다.

"정전 같아요."

그때 바닥이 살짝 기우는 듯한 느낌을 받았다.

"이건 설마, 지진?"

"지진은 아니겠죠. 저희는 바다 위에 있으니까요."

어둠 속에 놓인 바람에 착각을 한 게 아닌가 할 만큼 미묘한 기울어짐이긴 했다.

"다친 덴 없으시죠?"

"응."

생각보다 불은 바로 켜지지 않았다. 타워의 여러 고급진 시설을 봤을 때 1초 만에 비상 전력이 가동되어 전기가 들어오리라 생각했다.

"어어, 규현아. 확실히."

또다시 바닥이 흔들렸다. 아니, 그런 느낌을 받았다. 창밖은 여전히 암흑뿐이다.

"일단 욕실에서 나가시죠."

교수님이 내 팔을 연인 사이처럼 붙잡았다. 지금은 어쩔 수 없다. 휴대전화 라이트로 바닥을 비추며 걸었다. 그때였다. 창에 쿵 하는 둔탁한 소리가 들렸다.

"뭐야?"

나와 교수님은 잠시 얼어붙었다. 이곳은 4층, 쿵 하는 소리가 들린 창의 바깥은 허공이다. 지독한 어둠이 만들어 낸 환각인가.

"방금 뭐야?"

"모르겠습니다."

라이트로 창밖을 비춰 보았지만 빛은 어둠을 전혀 뚫고 나가지 못했다. 우리는 겨우 침실을 거쳐 거실에 도착했다. 라이트가 있어 어둠은 별문제가 되지 않을 터였지만 흡사 폐가 체험을 하는 듯한 기분이 들었다. 방이 커 봤자 욕실에서 거실까지는 얼마 안 되는 거리인데 한참을 걸은 듯했다.

30초쯤 지났을까. 실내에 불이 들어왔다.

"나 죽을 뻔했어."

교수님이 거친 숨을 내쉬며 말했다. 드디어 비상 발전기가 가동된 모양이다. 아니, 이렇게 시간이 걸렸다면 비상 발전기는 없고 그저 메인 발전기가 다시 정상 궤도에 오른 것일지도 모른다. 휴대전화로 시각을 확인하니 벌써 8시 20분이다. 사람들은 이미 1층 식당에 모여 있을까.

"일단 다른 사람들과 합류하는 게 좋겠습니다, 교수님."

우리는 조심스레 방에서 빠져나와 나선 계단을 내려갔다.

"이렇게 되니까 나선 계단이 되게 불안하네."

"교수님, 그래도 이제 팔은 떼도 되지 않을까요?"

"잠깐만 더 있어."

결국 그렇게 1층으로 내려왔다. 1층 로비에는 몇 명을 제외한 모두가 모여 있었다. 다들 불안한 기색을 감추지 못했고, 감추려 하지 않아 보였다. 없는 사람은 종호, 가온 그리고 종호의 열여덟 살 연하의 애인과 박규리였다. 승준이 우리를 향해 손을 들었다.

"팔을 껴안은 남녀가 나선 계단에서 내려오다니, 굉장한 연출 인데?"

"오해입니다."

교수님은 그제야 팔을 풀고는 멀찍이 떨어진 소파에 나를 끌 고 가 앉았다. 회색 패딩은 불평을 하며 담배에 불을 붙였다.

"종호는 왜 안 오는 거야?"

"정전 때문에 내부를 점검하는 거 아닐까요?"

강식이 별일 아니라는 듯 말하며 옆에 서 있던 남직원에게 커 피 한 잔을 더 달라고 부탁했다.

"뭔 소리야? 전기실과 설비실은 전부 1층에 있는데. 계단에서 내려온 적 없잖아?"

"종호는 수상탑의 주인인 데다 혼자서 5층을 다 쓰고 있어요. 5층에 별도의 설비 장치 정도는 있다고 봐야죠, 효상 씨."

강식의 말에 효상이라 불린 회색 패딩이 코웃음을 쳤다.

"없을걸? 내가 이 건물의 설계에 참여해서 알아."

"일단 제가 5층에 가서 종호를 불러오겠습니다."

상욱이 말하며 자리에서 일어나 성경책을 손에 쥔 채 나선 계 단을 올라갔다. 효상은 그새 담배를 재떨이에 눌러 껐다.

"그나저나 저녁은 안 먹나요?"

용제가 자신의 배를 쓰다듬으며 투정 부리듯 물었다.

"그게, 저녁은 선생님께서 직접 요리하기로 하셔서 저희로서는 일단 기다려야 하는 입장입니다."

남직원이 말하며 죄송하다는 듯 고개를 숙였다.

"뭐야, 미슐랭 셰프를 부르는 거 아니었나."

용제가 투덜거리며 테이블 위의 접시에 담긴 쿠키를 집어 먹었다.

"이 건물을 당신이 설계했나요?"

강식의 물음에 효상이 고개를 끄덕거렸다.

"다는 아니고 일부 참여했지."

"아까 건물이 흔들리는 것 같았는데 이유가 뭐죠?"

"아, 그건 아마 정전이 되는 바람에 동적 밸러스트 시스템에 이상이 생긴 걸 거야. 지금도 건물이 미묘하게 북쪽으로 기울어져 있잖아?"

"지금 건물이 기울어져 있다고요?"

강식의 말에 나는 북쪽으로 몇 발자국 걸어 보았다. 기울어졌는지는 잘 모르겠다. 효상이 소파 구석에 놓인 대형 유리구슬을 들어 우리에게 보였다. 반지름이 10cm는 되어 보였다.

"로비 구석에 있던 장식용 유리구슬인데, 한번 봐."

그는 바닥에 유리구슬을 조심스레 내려놓았다. 과연 구슬은 북쪽, 정확히는 대략 1시 방향으로 천천히 굴러가기 시작했다. 나는 로비 쪽으로 굴러가는 구슬을 집어 들었다. 꽤 무거웠다. 굴러가는 시간과 질량은 상관없지만.

"내가 측정해 보니 10m를 굴러가는데 평균 14.8초 정도가 걸리더라고. 여기 바닥은 대리석이야. 유리와 대리석의 운동 마찰계수는 대충 0.002 정도지. 중력 가속도는 9.8이고. 따라서 대충 계산을 해 보면 기울기는 0.65도 정도야. 이걸 못 느끼다니, 당신들은 감각이 둔하네."

"건물의 안전성에는 이상이 없나요?"

강식의 말에 효상이 고개를 끄덕였다.

"이 플랫폼과 타워에는 전기가 없어도 작동하는 수많은 안전장치가 있기 때문에 괜찮아."

"하지만 아까 정전이 됐을 때 로비에서 타워 밖으로 나가는 현관문이 안 열리던데, 전기가 없으면 문이 안 열리는 거 아닌가요?"

"그럴 리 없어. 전기 공급이 차단되면 문을 자동으로 열지는 못하지만 수동으로는 무조건 열 수 있게 되어 있다고."

"휴대전화는 왜 안 터지나요?"

"그걸 나한테 왜 물어. 그건 타워랑 상관없잖아."

"하긴 그렇겠네요."

강식이 어깨를 으쓱했다.

"저, 선생님."

내 말에 효상이 용제를 가리키며 나를 쳐다봤다.

"어, 너는 아까 저 녀석 말에 맞장구치던 애구만."

"정전이 된 후 다시 전기가 들어오기까지 좀 오래 걸린 것 같지 않나요? 비상 발전기가 없나요?"

"있을 텐데. 사실 내가 다 알진 못해. 건물 전체의 설계를 담당한 건 아니라. 중요 시설이나 타워의 안전성 유지에 필수적인 부분은 종호가 담당했거든. 비상 전력 시스템이 가동되지 않았다고 한다면 이번이 처음이라 시행착오를 겪는 거겠지."

"그리고 한 가지 더요. 제가 404호에 머무는데, 아까 잠시 정전이 됐을 때 4층 창밖에서 쿵 하는 소리가 들렸습니다. 이건 설계상의 문제인가요?"

"쿵 하는 소리? 창밖이라니, 어느 창을 말하는 거지?"

"욕조 옆의 창이요."

"창의 바깥쪽에서 쿵 하는 소리가 들렸다고?"

"네. 무언가가 창을 세게 치는 듯한 소리였어요."

"그 창의 바깥쪽에는 아무것도 없는데?"

"맞습니다."

"잘못 들은 건 아니고?"

"교수님도 들었습니다."

내 말에 교수님이 고개를 끄덕였다. 그러자 갑자기 용제가 휘파람을 불었다.

"그러니까, 욕조 안에 둘이서 같이 있었단 거죠? 워후, 정말 나이는 숫자에 불과하구나."

용제는 내가 설명을 해 준다고 납득할 사람이 아닌 것 같아 포기했다.

"둘 다 잘못 들은 건 아니고?"

효상이 팔짱을 끼며 물었다. 아무래도 내 말을 믿을 생각이 없는 듯하다.

"그럴 수도 있겠죠."

"분명히 들었어요."

교수님이 강한 어조로 말했다.

"그럼, 뭐 새라도 날아와서 부딪힌 거겠지."

"이 폭우 속에서 말입니까?"

"안 될 건 없잖아?"

효상이 어깨를 으쓱하더니 나를 똑바로 바라보았다.

"그래서, 그게 어쨌다는 건가? 만약 그게 설계상의 오류라면 나에게 책임을 물을 건가?"

"당연히 그런 마음은 추호도 없습니다."

"그럼 됐네."

그때 5층으로 간다던 상욱이 1층 로비로 되돌아왔다.

"초인종을 눌러도 문을 두드려도 아무런 대답이 없네요."

초인종은 몰라도 문을 두드리는 거엔 대답이 없는 게 자연스럽다. 그렇게 무겁고 두꺼운 문이니까.

"아, 그러고 보니 석승준 교수님 제자분이 안 계시네요. 아까 먼저 내려간다고 한 것 같아서요."

내 말에 승준이 씁쓸하게 웃으며 머리를 긁적였다.

"먼저 내려가 있었는데, 내가 내려오니 도로 올라가더라고."

"사이가 안 좋으신가요?"

나는 아무것도 모르는 척 물었다.

"아니, 아니야. 마침 뭐를 놔두고 왔다고 그랬어. 내가 내려오니 자신이 올라가는 게 다르게 비칠까 봐 미안하다고 하더라고."

그때였다. 나선 계단에서 발소리가 들려왔다. 발소리는 매우 빠르게 커졌다. 누군가 다급히 계단을 내려오는 듯했다. 계단을 내려온 사람은 박규리였다. 규리의 얼굴이 사색이 되어 있었다.

"큰일, 큰일 났어요. 큰일."

규리는 그렇게 말하고는 다리에 힘이 빠졌는지 소파 앞 바닥에 주저앉았다.

"왜 그래?"

승준이 규리에게 다가갔다. 규리는 대략 1시 방향을 손으로 가리켰다.

"저…… 저 밖에."

"밖에?"

"그…… 밖에, 천재가."

"천재?"

"천재가, 천재가."

규리는 제대로 말을 잇지 못했다.

"천재가 뭐야, 응?"

"천재인 애, 걔가······."

"아, 혹시 홍가온이라는 애요?"

규리는 내 말에 간신히 고개를 끄덕였다.

"걔가 왜요?"

내 말에 규리가 갑자기 내 손을 붙잡았다. 규리의 손이 파르르 떨리고 있다.

"걔가, 걔가."

"걔가?"

"걔가, 걔가······ 밖에 있어요. 산책로의 벤치에······ 누워 있어요."

"타워 밖에요?"

"네. 그런데, 그런데, 왠지."

"왠지?"

"죽은 거 같아요. 분명해요. 죽었어요. 가슴팍이 빨갰어요. 눈을, 눈을 뜨고 있는 것 같았어요."

규리의 마지막 말에 한동안 모두가 입을 굳게 다물었다. 누군가는 입을 열어야 했다. 그 사람이 내가 아니면 좋겠다 생각했지만 생각대로 되지 않았다. 어쩔 수 없다.

"가온이가 죽어 있다고요?"

"네."

"어떻게 그 사실을 알았어요?"

"라운지, 라운지에서 보였어요."

4층의 라운지는 창이 북동쪽, 그러니까 2시 방향을 향해 있다. 선착장과 타워의 메인 출입문은 남쪽으로 나 있다. 가온의 방은 201호로 내 기억으로는 남서쪽이다. 라운지와는 정반대 편의 위치다. 문득 그래야 할 것 같아 휴대전화로 시각을 확인했다. 8시 40분이었다.

"가온이가 있는 방향이 정확히 어디죠?"

"라, 라운지 창 쪽. 바다와 맞닿는 산책로의 벤치."

"그렇다면 거리가 꽤 되지 않나요?"

"휴대폰 카메라로 확대하니……."

다시 침묵이 이어졌다. 아무래도 다른 사람들은 갑작스런 규리의 말에 아직 조금이라도 현실성을 느끼지 못하는 듯했다. 사실나도 그렇다. 교수님을 포함하여 다들 입을 살짝 벌리고 얼빠진 표정을 짓고 있다. 그런 상태로 서로의 눈치를 살피고 있다. 어떻게 반응해야 할지 모르는 것처럼 보인다. 강식이 입을 열었다.

"그렇다면 일단 가 보죠. 저기, 여학생. 안내를 좀."

승준이 그의 말을 가로막았다.

"만약 죽은 게 정말로 맞다면, 규리는 시체를 본 셈이죠. 시체가 있는 곳까지 안내를 하라는 건 너무한 처사입니다."

과연 정말로 연구실 학생에게 쌍욕을 한 게 맞는지 의심이 들만큼 승준은 제법 젠틀했다. 승준은 주머니에서 아까 종호가 나

뭐 준 A4용지를 꺼냈다.

"라운지 아래라 했으니 거기로 가면 되겠죠. 다들 일어납시다. 만약 정말로 죽었다면 썩 보기 좋은 광경은 아닐 테니, 남자만 가는 게 좋겠죠."

승준의 말에 모두가 일어서려는 찰나 강식이 손을 들었다.

"잠시만요. 남자 한 분은 남아 있는 게 좋겠네요."

"왜죠?"

승준이 물었다.

"정말로 사람이 죽었다고 하면 남자가 한 명쯤은 있는 게 좋지 않나 해서요."

"왜죠? 무서우니까?"

"그런 문제가 아닙니다. 저, 아가씨, 가온이는 어떻게 죽어 있었죠?"

승준이 벌떡 일어섰다.

"그건 왜 물으시죠?"

"멀어서…… 멀어서 잘 모르겠지만 가슴팍이 빨갰어요."

"역시. 빨간 건 피겠죠. 즉, 가온이는 누군가에게 살해당한 겁니다."

또다시 침묵이 이어졌다. 비현실적인 이야기에 사람들은 꿈을 꾸는 듯 멍하니 허공에 시선을 던질 뿐이었다. 강식의 말은 과연 타당했다. 가온의 겉모습은 차치하고서라도 가온이 발견된 위치와 그 아이의 방은 굉장히 멀리 떨어져 있다. 추락사일 가능성은 희박하다고 봐도 되리라. 물론 아직 직접 눈으로 확인하지는 않았지만 말이다.

"그럼, 그거군."

효상이 새 담배에 불을 붙이고 한 모금을 빨아들인 뒤 말을 이었다.

"살인자가 있다. 그자가 여자들을 죽일지도 모른다."

효상은 그렇게 말하며 음흉해 보이는 미소와 함께 규리와 교수님을 흘겼다. 그 말에 교수님이 눈살을 찌푸리며 내 팔을 붙잡았다.

"그겁니다."

강식이 고개를 끄덕였다.

"그렇다면 한 명으로는 안 되겠는데. 그 한 명이 살인자일 수도 있지 않나?"

"잠시만요."

상욱이 손을 뻗어 제지했다.

"지금 오가는 대화를 들어 보면 우리 중에 살인자가 있는 것처럼 들리는데, 그건 좀 곤란하죠."

"그게 자연스럽지 않나?"

효상은 이번에도 금방 담배를 재떨이에 짓눌렀다.

"이 건물의 주인이 여기를 비밀로 해 오고 있잖아. 그런데 누가 여기에 오겠어? 게다가 방금 전까지 비가 엄청나게 왔잖아. 파도도 꽤 높았을 텐데."

"그런데 종호 형님은 그 사실을 아나요? 딸이 살해당했다는 거요."

이야기가 전혀 정리될 기미를 보이지 않아 어쩔 수 없이 내가 입을 열었다.

"잠시만요. 천천히, 하나부터 해결하는 게 좋겠습니다. 우선, 저희가 다 같이 가온이를 직접 확인해야 합니다. 그러고 나서 하나씩 논의를 하시죠."

내 말에 사람들은 다행히 입을 다물었다.

"다만 방금 말씀하신 대로 두 명 정도는 여기 남는 게 좋겠는데요. 괜찮다면 저는 남으려 합니다."

내 말에 모든 사람들의 이목이 나에게 집중되었다. 왜 그러는 걸까.

"남으려는 이유가 뭐지?"

효상이 마치 형사가 취조하는 듯한 말투로 물었다.

"이유로는 우선, 만약 정말로 가온이가 죽었다면 시신을 보게 될 텐데 그건 썩 좋은 경험이 아니기 때문입니다. 그리고 교수님이 걱정되기도 해서요."

용제가 갑자기 히죽 웃었다.

"살인자가 있는데 애인을 놔두고 갈 수는 없지."

애인까지는 아니더라도 교수님을 놔두고 간다는 게 마음에 걸리긴 했다. 그동안의 관성 때문인지는 모르겠다. 그때 갑자기 교수님이 말했다.

"규현아, 너는 가 보는 게 좋지 않을까?"

"네?"

"네가 직접 확인해야 조사하는 게 수월하지 않겠어?"

이런. 귀찮게 됐다.

"조사라니?"

강식이 눈을 치켜들었다.

"규현이는 전에도 몇 가지 살인 사건을 해결한 적이 있거든요."

결국 교수님이 저질러 버렸다.

"그게."

"뭐야, 너 경찰이야? 형사? 대학원생이라고 하지 않았나?"

효상의 말에 모두가 나를 쳐다봤다. 내 대답을 기다리는 것 같다. 골치 아프다.

"대학원생입니다."

"그럼 학생은 혹시 민간 탐정 같은 겁니까?"

"맞아요."

난데없이 교수님이 대답했다. 교수님, 도대체 왜. 교수님이 맞다고 해 버려 부정하기도 애매한 상황이 됐다.

"민간 탐정이 살인 사건도 수사하나 보지?"

"아니겠죠."

효상과 강식의 대화를 들으니 속이 타들어 가는 느낌이다. 나는 조사를 하기 싫다.

"그럼 여교수, 이 학생을 우리가 믿어도 된다고 보증해? 살인자가 있을지도 모르는데. 탐정도 용의자잖아."

효상의 말에 교수님이 고개를 끄덕였다.

"제 교수직을 걸고 보증할게요."

아니, 교수님. 난데없이 교수직은 왜 거시나요.

"좋아, 그럼 너는 탐정 자격으로 가기로 하고. 남을 사람?"

"저요. 시체는 보기 무서워요."

용제가 손을 들며 말했다.

"저도 남죠."

상욱 또한 남는 데에 표를 던졌다.

"저도 남겠습니다. 제자가 상당한 충격을 먹었으니까요."

승준의 말에 효상이 자리에서 일어섰다.

"그럼 나와 강식 씨, 그리고 탐정 씨 이렇게 셋이 가지. 우산이 있나?"

"아까 슬쩍 나가 봤는데 비는 안 오더군요."

강식이 그렇게 말하며 벗어 두었던 점퍼를 입었다.

"갑시다."

제4장 주홍색 요절

결국 나는 탐정이라는 자격으로 끌려 나가게 되어 버렸다. 타워의 현관 자동문을 열자 꿉꿉한 공기가 얼굴을 감쌌다. 비는 안 오는 것 같았지만 바람은 여전히 거셌다. 바람을 향해 눈을 똑바로 뜨고 걷기 힘들 정도였다. 하늘에는 달이 보이지 않았고 불빛이라고는 군데군데 서 있는 가로등뿐이었다. 그중 일부는 불이 꺼졌고 몇 개는 그만 기둥이 휘고 말았다. 바람이 너무 센 탓인 듯하다. 가만히 보니 나무들도 여기저기 나뭇가지가 부러지고 꺾여 있다. 멀쩡한 나무가 하나도 없다. 열대 정원과 조경 공간이 마치 태풍 '이끼'가 휩쓸고 지나간 것처럼 쑥대밭이 됐다.

"이쪽으로 가면 되겠네요."

강식이 A4용지를 보며 앞장섰다. 타워 주변은 저수지를 둘러싸고 걸을 수 있는 순환형 데크로 둘러싸여 있는 듯했다. 폭은 3m 정도에 바닥재는 합성 목재이고 유리로 된 난간이 있다. 데크와 타워 사이의 1m가 안 되어 보이는 공간에는 자갈 배수로가 있고 낮은 관엽 식물이 심겨 있다. 우리는 데크를 따라 시계 반대 방향으로 걸었다. 그게 가온이 있을 곳으로 추정되는 위치와 최단 거리이기 때문이다.

  두 사람은 느긋하게 데크를 걷기 시작했다.

  "효상 선생님, 좀 뛰어야 하지 않을까요?"

  "왜?"

  "그야 당연히 가온이가 아직 살아 있을지도 모르지 않습니까."

  "하지만 분명 죽었다고 하지 않았나."

  맨 앞에 서 있는 강식이 말했다.

  "지금 비가 오는 바람에 바닥이 너무 미끄러워 뛰다가 넘어질 수도 있으니 걷죠. 게다가 아까 여학생의 증언에 의하면 가슴팍이 붉은 데다 눈을 뜨고 있었다고 했으니, 아마 살아 있진 않겠죠."

  어쩔 수 없이 나 또한 두 사람을 따라 천천히 걷기로 했다.

  "효상 선생님, 타워의 너비는 얼마나 되죠?"

  내 옆에서 나란히 걷고 있는 효상에게 물었다.

  "너비는 한 40m, 둘레는 한 160m는 될 거야."

  "천천히 걷는다면 타워 한 바퀴를 도는 데 몇 분이 걸리죠?"

"내가 기억하는 바로는 시속 2km로 걸었을 때, 그러니까 매우 천천히 걷는 경우 한 바퀴를 도는 데 5분 10초가 걸려."

"꽤 상세하게 기억하시네요."

"나는 주로 외관이나 인테리어 쪽을 담당했으니까. 오, 벌써 탐정 일을 시작하는 건가?"

그냥 단순한 궁금증이었지만 말하고 보니 참고를 하게 될지도 모르겠다.

"설비나 안전, 보안 같은 핵심 부분은 종호 선생님이 담당하셨고요?"

"응, 그런데 그게 좀."

그때 선두를 서던 강식이 다급한 외침과 함께 어딘가를 손으로 가리켰다.

"저기예요!"

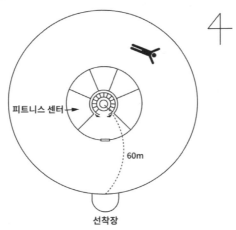

우리는 현재 타워의 북동쪽에 있다. 규리의 말대로 바다와 맞닿는 부분에 있는 산책로의 벤치 중 하나에 흰색 옷을 입은 누군가가 누워 있다. 아마 가온이리라.

가까이 다가간 우리 셋은 약속이라도 한 듯 뒤로 다섯 걸음은 넘게 물러섰다.

"뭐야, 저게."

효상의 말을 끝으로 우리는 한동안 아무 말도 할 수 없었다. 가온은 회색 추리닝에 흰색 플리스 차림으로 벤치에 누워 있었다. 한쪽 팔과 다리를 벤치 아래로 늘어뜨린 자세로 눈을 치켜뜨고 허공을 응시하고 있었다. 아니, 응시라고 하는 건 부적절할지도 모르겠다. 이미 죽었음이 분명해 보였기 때문이다. 가온의 가슴 부위는 붉게 물들어 있었다. 의심할 것도 없이 피다.

가온은 주황색 구명 조끼를 입고 있었다. 벤치 옆에 스테인리스 스틸 케이스가 있다. 이곳에 처음 도착했을 때 선착장에서 봤던 케이스와 전체적으로 비슷했다. 다만 이 케이스는 그것과 달리 전면이 유리로 막혀 있었던 듯했다. 케이스는 열려 있진 않지만 전면의 유리 부분이 깨져 있고 그 안에 네 개의 구명 조끼가 나뒹굴고 있었다.

"너, 가까이 가서 자세히 봐 봐."

효상이 나를 가리키며 말했다.

"제가요?"

"탐정이잖아."

나는 한숨과 비슷한 심호흡을 하고 가까이 다가갔다. 가온의 가슴에는 꽤 커다란 구멍이 나 있었다. 그 안으로 심장이 보일 것 같아 나도 모르게 미간을 찌푸렸다. 구멍의 크기는 대략 두루마리 휴지의 휴지심 정도 같았다. 다만 출혈량은 많아 보이지 않았다. 상처 주변의 옷에는 붉은색의 핏자국이 있긴 했지만 전체적으로 희미한 편에 가까웠다. 벤치나 땅바닥에는 딱히 혈흔이 보이지 않았다. 나는 조심스레 가온의 몸을 살짝 들어 등을 살폈다. 등에도 빨간 자국과 함께 구멍이 나 있다.

"어때?"

몇 발자국 뒤에서 효상이 물었다.

"뭐라고 대답해야 하나요?"

"살아 있냐고."

"죽었습니다."

"사인이 뭐지?"

"저는 전문가가 아니라 그런 것까진 모릅니다."

"네가 네 입으로 탐정이라고 하지 않았나?"

그렇다. 하지 않았다.

"그렇다면 비전문가의 의견을 들려주세요. 어차피 여기에 의학 쪽으로 전문가는 없지 않나요?"

강식의 말에 나는 크게 숨을 들이쉬었다.

"······가슴을 찔렸습니다. 관통당한 것 같아요."

"무엇으로?"

"그거까진 모르겠습니다."

"답답하네."

효상이 마음을 먹은 듯 이쪽으로 다가오더니 숨을 삼켰다. 곧 강식도 뒤따라와 가온을 살폈다.

"일단 쟤 눈부터 좀 감겨. 예의가 아니잖아."

어쩔 수 없이 내가 조심스레 가온의 눈을 손으로 감겼다. 가온의 얼굴은 차가웠다. 살아 있을 때 얼굴을 만져 본 적이 없어 정확한 비교는 못 하겠지만 마음이 착잡해졌다.

"경찰을 부르죠."

내 말에 효상이 휴대전화를 손가락으로 두드렸다.

"잊어버렸어? 휴대폰 안 터져."

아차. 갑자기 심장이 쿵쾅대는 듯했다. 이거 큰일이다. 나도 모르게 경찰에 맡기면 된다고 안심하고 있었다.

"쇠막대기로 관통한 거 아닐까?"

효상이 쇠막대기로 허공을 찌르는 듯한 제스처를 취했다.

"그렇다면 범인은 쇠막대기를 다시 들고 간 건가요?"

내 말에 효상이 바다를 가리켰다.

"바다에 버렸겠지."

나는 근처의 땅바닥을 관찰했다. 산책로는 아주 잘 닦여 있어

발자국이 남을 여지는 없어 보였다. 행여나 흙이 조금 묻어 있었다 해도 세차게 내리는 비에 씻겨 배수구로 흘러갔을 것이다. 벤치의 뒤편은 잔디밭인데 누가 밟고 지나간 흔적이 내 눈으로는 보이지 않았다. 물론 흔적이 남아 있지만 내가 못 알아보는 것일 수도 있다. 하지만 범인 입장에선 굳이 증거를 남길 위험을 감수하는 것보단 그냥 산책로를 따라 바다로 가는 게 백번 낫다. 그렇다. 범인이다. 이건 백 퍼센트 살인이다. 여기까지 와서 살인 사건을…….

"종호 선생님은요? 연락이 안 되나요?"

"너, 기억력이 꽤나 안 좋네. 휴대폰이 안 터지는데 연락이 어떻게 되겠어? 일단 돌아가서 종호한테 이 비보를 알려야지."

강식이 효상을 가로막았다.

"잠깐, 쟤는 어쩌고요? 저대로 놔두는 건가요?"

"그, 현장 보존이라는 거에 의하면 그대로 놔둬야 하는 게 맞지 않나?"

"맞긴 하지만 그건 경찰이 금방 올 수 있을 때의 이야기라고 봐야 할 것 같습니다. 게다가 다시 아까처럼 거센 비가 오면 되레 현장 보존이 안 될 수도 있을 것 같아요."

"그럼 네가 업어 와."

효상이 나를 가리켰다.

"왜 저인지 여쭤봐도 됩니까?"

"첫째, 네가 탐정이니까. 둘째, 우리는 아저씨니까. 쟤도 아저씨보단 네 등에 업히는 게 하늘에서 볼 맛이 나지 않겠어? 그리고 나중에 종호가 이 사실을 알았을 때 괜한 의심을 받는 것도 싫고."

무슨 의심인지 모르겠으나 할 사람이 나밖에 없다면 어쩔 수 없다. 하지만 막상 업으려니 망설여졌다. 시신이라는 데서 오는 거부감이 아니다. 내가 망자를 업을 자격이 있나 하는 의심이 들었다.

잠시 묵념을 한 뒤 가온을 업었다. 가온의 몸은 차가웠다. 머리카락과 옷이 흠뻑 젖어 있다. 차가운 이유가 그 때문인지 아니면 죽었기 때문인지는 모르겠다. 사람이 죽으면 체온이 낮아진다는 사실은 알고 있지만 시간의 경과에 따른 자세한 수치는 모른다. 사망 이후의 시간이라. 가온인 언제 죽었을까. 비전문가라 확신할 순 없지만 상처를 보았을 때 습격을 당하고 얼마 지나지 않아 죽었다고 생각해도 될 것이다. 즉, 사망 시각과 범행 시각은 거의 일치한다……. 범인은 누구일까.

가온이와는 당연히 유대감이라고는 없다. 기사로 접하긴 했지만 오늘 처음 만났기 때문이다. 게다가 첫인상이 썩 좋지도 않았다. 하지만 연구자로서 인성과 상관없이 천재라면 흥미가 가기 마련이다. 물어보고 싶은 것도 있었다. 무엇보다 가온 본인이 뭔가를 숨기고 있는 듯했다. '이끼의 파괴력은 지구 온난화 때문이 아니다.', '짐작 가는 게 있지만 지금은 말할 수 없다.'라고 말했다. 아쉽게도 앞으로 영영 말할 수 없게 됐다. 불길한 생각 하나가 머릿속을 스쳤다.

가온일 업고 1층 로비로 돌아오자 규리는 돌아서서 얼굴을 가리고는 울기 시작했다. 나는 가온을 조심스레 로비 바닥에 뉘었다. 교수님은 눈을 커다랗게 뜨며 손으로 입을 가렸다. 충격을 받지 않아야 할 텐데 말이다. 다른 남자들은 그저 아무 말 없이 얼어붙어 있을 뿐이었다. 용제는 보이지 않았다.

상욱이 중얼거렸다.

"사무엘하 18:33, 차라리 내가 너를 대신하여 죽었더라면."

"규리를 방까지 바래다주겠습니다."

승준은 오열하는 규리의 어깨를 감싸고 나선 계단을 올라 사라졌다. 교수님 또한 도저히 못 보겠는지 눈을 질끈 감으며 고개를 돌렸다.

"나도 방에."

걸음을 돌리려는 교수님의 몸이 휘청거려 재빨리 붙잡았다.

"괜찮으십니까?"

교수님이 이마를 짚었다.

"잠시 머리가 아파서……. 괜찮아. 혼자 갈 수 있어."

교수님은 나선 계단의 손잡이를 잡고 한 칸씩 계단을 올랐다. 상욱은 미간과 광대를 찡그리며 누워 있는 가온을 보았다.

"가슴을 찔렸군요. 위치상 심장일 것 같은데요."

"의료인이세요?"

내 말에 상욱은 고개를 저었다.

"왠지 그럴 것 같다는 말이죠. 다만 심장을 찔렸는데 출혈량이 비교적 얼마 안 되는군요."

"그런데."

강식이 조금 격해 보이는 말투로 말했다.

"종호는 대체 뭐 하는 거죠? 아무도 이 사실을 알리지 않았나요?"

멀찍이 서 있던 남직원이 쭈뼛거리며 다가왔다.

"그게…… 아무리 초인종을 눌러도 대답이 없으십니다. 문은 안에서 잠그셨고요."

또다시 침묵이 로비 안의 사람들을 가득 눌렀다.

"지병이 있어 쓰러진 건 아니야?"

효상의 말에 직원이 고개를 저었다.

"그런 말은 들어 보지 못했습니다."

강식이 굳은 얼굴로 턱을 쓰다듬었다.

"수면제를 먹고 잠이 든 건지. 그런데 저녁 식사를 앞두고 수면제를 먹는 것도 이상하잖아."

나는 남직원의 양어깨를 붙잡았다.

"빨리 종호 선생님을 불러야 합니다. 밖에서 방문을 여는 다른 방법이 없나요?"

"1층 보안관리실에 마스터키가 있습니다. 하지만 마스터키가 보관된 캐비닛을 열려면 종호 선생님만 아는 비밀번호가 필요합니다."

"마스터키와 선생님이 가진 것 말고 다른 여분의 키는요?"

"없을 겁니다."

"이봐, 비밀번호를 진짜 몰라?"

효상이 직원을 다그치자 직원은 어깨를 움츠렸다.

"죄송합니다."

"캐비닛의 문을 강제로 열 순 없나요?"

내 물음에 직원이 잠시 말을 망설였다.

"그냥 평범한 철제 캐비닛이긴 한데요. 24시간 직원이 관리하기 때문에 금고처럼 특별히 튼튼하진 않습니다. 하지만 강제로 열려면 꽤 중노동을 해야 하지 않을까 합니다."

"선택의 여지가 없습니다. 시도하죠."

내 말에 효상이 모두에게 말했다.

"자신이 힘 좀 쓴다는 사람 손 들어 봐."

상욱이 손을 들었다.

"제가 평소에 운동 좀 하죠."

"좋아. 여기 톱 있지?"

직원이 말했다.

"있습니다."

"안내해."

직원과 효상, 상욱은 로비에서 이어지는 원형 복도로 달려갔다. 나는 나와 나이가 비슷해 보이는 또 한 명의 직원에게 물었다.

"가온이를 놔둘 만한 곳이 없을까요?"

"그게……. 혹시 그 아이, 죽었나요?"

"네, 보시다시피 죽었습니다."

"그렇다면…… 모르겠습니다. 여기에 시체 안치실은 없어서요."

이 직원은 좀 심하게 어리숙한 듯하다.

"온도가 적당히 낮은 방이나 공간이 있나요?"

"그게…… 모르겠습니다."

강식이 한숨을 내쉬며 고개를 절레절레 저었다. 하긴 저 직원도 이해는 간다. 아마 이곳 전체의 매뉴얼은 전부 머릿속에 있으리라. 하지만 난데없이 시체가 튀어나온 상황에선 아는 것도 제대로 안 떠오르기 마련이다.

"아, 그러고 보니."

직원이 주먹으로 손바닥을 두드리며 말했다.

"사우나 시설에 얼음방이 있습니다. 온도는 너무 낮지 않게 조절 가능합니다."

"안내해 주세요."

나는 조심스레 가온을 등에 업고 직원을 따라 원형의 복도를 걸었다. 사우나는 나선 계단을 가운데 두고 로비의 반대편에 위치해 있다. 사우나 시설에 들어가 얼음방의 문을 열자 한기가 훅 하고 뿜어져 나왔다. 바닥에 담요를 펼쳐 놓고 그 위에 가온을 뉘었다. 잠시 눈을 감고 기도를 한 뒤 밖으로 나왔다.

"사우나의 문을 잠그고 아무도 못 들어가게 해 주세요."

"키는 제가 갖고 있겠습니다."

직원이 말했다.

그대로 사우나 시설 밖으로 나서려는 찰나 발걸음을 멈추었다. 아무도 못 들어간다면 나 또한 못 들어간다는 의미다. 가온의 시신을 마주하는 게 지금이 마지막이라는 뜻이다. 물론 나에게는 탐정으로서 자유롭게 가온의 시신에 접근할 수 있는 권한이 있을지도 모른다. 그런 특권이라면 딱히 누리고 싶지 않긴 하지만. 아니, 나는 내가 탐정이라고 생각하지 않는다. 어쨌든 마지막으로 가온의 시신을 한 번 더 살피는 것도 좋지 않을까.

나는 직원에게 부탁해 다시 안으로 들어가 가온의 시신 앞에 쪼그려 앉았다. 구명 조끼를 입은 모습이 마치 바다에 빠졌다가 금방 건져 낸 것처럼 보였다. 차라리 그랬다면 더 좋았을 것이다. 막상 되돌아왔지만 전문가가 아니라 더 얻어 낼 수 있는 정보는 없는 것 같다. 아, 소지품이 있으려나.

플리스를 살펴보니 지퍼가 달린 주머니가 있다. 주머니 안에 휴대전화가 있었다. 순간 입 안이 바짝 말라 왔다. 가온은 어쩌면 죽기 직전 범인과 연락을 했을 수도 있다. 하지만 휴대전화는 철저한 사생활이다. 어쩌면 인간의 사생활 중 가장 은밀한 곳일지도 모른다. 게다가 주인은 죽어서 허락을 받지도 못하며, 나는 경찰이 아니라 자격도 없다. 그러나 휴대전화를 확인함으로써 가온을 죽인 범인을 잡을 수만 있다면, 후에 내게 내려질 처벌을 감안하고서라도 할 만한 가치가 있지 않을까.

나는 심호흡을 한 뒤 가온의 휴대전화를 손에 들었다. 휴대전화는 물에 젖어 있었는데 다행히 작동은 했지만 역시나 잠겨 있다. 아뿔싸. 잠금을 해제하려면 페이스 아이디가 필요하다. 나는 눈을 감고 있는 가온의 얼굴을 보았다. 눈을 뜬 상태로 고정을 할 수 있을까. 아까 가온이 눈을 뜬 상태로 죽어 있었기 때문에 가능할 것 같기도 하다. 죽은 사람의 얼굴도 인식이 되려나. 동공이 확장되어 안 되는 걸까. 홍채의 모양이 상관없다면 되는 걸까. 해 보면 결과를 알게 되겠지만 하기가 심히 망설여졌다.

침을 꼴깍 삼킨 뒤 가온의 얼굴에 손을 가져다 댔다. 조심스레 눈꺼풀을 위로 들어 올렸다. 가온의 커다란 검은 동공과 홍채가 보였다. 이것이 죽은 사람의 동공인가. 조심스레 손을 떼니 소름 돋게도 눈꺼풀은 내려가지 않았다. 눈앞에 가온을 처음 발견한 순간과 함께 가온이 살해당하는 장면이 나도 모르게 그려졌다. 갑자기 머리가 아파 오고 속이 울렁거렸다. 서둘러야 한다.

나는 휴대전화를 잠금 해제 모드로 설정한 후 휴대전화의 전면 카메라에 가온의 얼굴이 들어오도록 휴대전화를 들었다. 불행인지 다행인지 잠금이 풀렸다. 비밀번호로 잠금을 풀 수 있게 설정한 뒤 서둘러 가온의 눈을 감겼다. 휴대전화를 바지 주머니에 깊숙이 찔러 넣은 후 얼음방에서 나왔다. 직원이 나를 뭔가 의심스러운 눈초리로 봤으나 아무 말도 하지 않았다. 왠지 그래야 할 것 같았다.

나는 로비로 돌아와 기다란 소파 위에 털썩 누웠다. 짧은 시간 안에 너무나 충격적인 일이 벌어졌다. 이곳에 오기 전까지는 상상도 못 했던 일이다. 머릿속에선 온갖 생각과 의문들이 거품처럼 생기다가 터지다가를 반복했다. 머리가 아파 와 이마를 문질렀다.

"학생, 괜찮아요?"

강식이 내게 말했다.

"괜찮습니다."

"궂은일 하느라 고생이 많아요."

"아닙니다."

"그래서, 어떻게 보죠?"

"무엇을요?"

"범인 말입니다. 가온 양을 죽인 범인이요. 누구일까요."

나는 깊은 한숨을 내쉬었다.

"그런 얘기는 하고 싶지 않습니다."

"하고 싶지 않다니요? 분명 학생은 탐정이라고……."

"저는 탐정이 아닙니다. 솔직히, 교수님이 저를 탐정이라 말했을 때는 기분이 좋지 않았습니다. 제가 지금까지 우연찮게 몇 가지 사건을 해결해 버린 건 사실입니다. 하지만 마지막에 범인을 잡을 때까지 계속해서 기분이 좋지 않았어요. 추리를 하고 범인을 붙잡는 과정이 마치 피해자의 시신을 칼로 도려내고 여기저기를 찢는 기분입니다. 사건을 조사하는 건, 저에겐 비극의 기한을 더 늘리는 것과 같습니다. 전 그저 애도를 하고 싶어요. 천재를 잃은, 아니, 생명을 잃은 데에 대한 애도를요……. 별개로, 제게 그런 재능이 있다고도 생각하지 않습니다."

"그럼 어떻게 하는 게 좋다고 생각하나요?"

"경찰을 기다리는 겁니다."

"휴대전화는 안 터지고 타고 온 보트는 엔진이 망가졌어요. 듣자 하니 누군가 폭탄을 설치해 엔진을 파괴한 것 같다고 하던데요. 게다가, 종호의 부탁으로 우리 모두는 이곳 수상탑에 간다는 사실을 외부에 말하지 않았어요. 경찰을 기다릴 순 있겠죠. 하지만 영영 오지 않을 텐데요."

그게 문제다. 이미 너무나 잘 알고 있는 사실이다.

"그렇다면 다른 방법이 있습니다."

"뭐죠?"

"휴대전화가 터질 때까지 기다리는 겁니다. 분명 처음 이곳에 올 때는 전파가 잡혔거든요. 그러다가…… 비가 엄청 오기 시작할 즈음부터 문제가 생겼던 것 같습니다. 그렇다면 아마 근처 기지국이 갑자기 많이 내린 비로 영향을 받았을 가능성이 있습니다."

"아무리 비가 많이 온다 하더라도 그깟 비 하나로 기지국이 망가질까요?"

강식의 말에 나는 딱히 대답을 할 수 없었다. 내 생각도 마찬가지기 때문이다.

"이유는 모르지만 비와 관련이 반드시 있긴 하겠죠. 얼마 안 가 복구될 겁니다. 그때까지 저희는 각자의 방에서 얌전히 있으면 됩니다. 접촉은 최대한 자제하고요."

"접촉을 자제한다?"

"살인 사건이 벌어졌습니다. 상황상 당연히 우리 중에 범인이 있을 수밖에 없어요. 불필요한 갈등은 자제해야 합니다."

"그렇다면 학생은 사건 해결의 의지가 없다는 건가요?"

"사실, 딱히 없습니다."

강식이 소파에 등을 파묻으며 한숨을 내쉬었다.

"강요할 순 없지."

그때 복도에서 효상과 상욱이 나타났다.

"캐비닛, 아무리 톱으로 썰려 해도 안 열려. 그냥 금고잖아."

효상은 그렇게 말하며 소파 위에 드러누웠다.

"건물 주인은 대체 뭐 하는 거야?"

"어쩌면."

소파에 앉아 있던 상욱이 중얼거렸다.

"종호 선생의 열여덟 살 연하 애인은 비밀번호를 알아낼 수도 있지 않을까요?"

효상이 다시 몸을 일으켰다.

"여자 친구라 해도 굳이 캐비닛의 비밀번호를 알려 줬을까?"

"캐비닛의 비밀번호를 안다는 게 아닙니다. 적어도 그 여자라면 선생이 비밀번호로 사용할 숫자의 후보를 알 수도 있을 거라는 말입니다. 생일이라든지, 계좌의 비밀번호라든지, 그런 거요."

"어쩌면 여자 친구에게 이 건물의 모든 방에 들어갈 수 있는 특권을 주기 위해 캐비닛의 비밀번호를 알려 줬을지도 모르지."

효상이 비아냥거리자 직원이 나섰다.

"캐비닛은 24시간 저희가 지키고 있기 때문에 그건 어렵다고 생각합니다."

"그럼 일단 물어나 보죠. 그 사람은 204호에 묵고 있던가. 제가 물어보고 오겠습니다."

로비를 빠져나가려는 상욱을 강식이 붙잡았다.

"왜 그러시죠?"

"상욱 씨, 그 여자를 불러오는 역할을 왜 자처하시는 건가요?"

상욱은 잠시 아무 말도 하지 않았다. 얼마 후 그가 천천히 입을 열었다.

"그렇게 물으시니 당황스럽군요. 이유는 없습니다만, 왜 그러시죠?"

"살인 사건이 벌어졌습니다. 혼자 움직이는 건 위험해요."

"그런가요."

그때 효상이 강식을 보며 코웃음을 쳤다.

"솔직하게 말해."

"솔직하게라니요?"

"'왜 자처하냐'고 말했잖아. 당신, 지금 이 사람을 의심하는 거 잖아. 살인범으로 말이지."

그 말에 상욱의 인상이 험악해졌다.

"정말입니까? 저를 살인범이라고 의심한다는 게요?"

"딱히 당신이 살인범이라고 의심하진 않습니다. 다만, 이 상황에서 기꺼이 혼자 움직일 수 있는 사람은 두 부류 중 하나에 속할 거라고 생각합니다. 첫째는 자신이 범인한테 살해당해도 상관없는 사람이고, 둘째는 본인이 범인인 경우요."

"저는 부동산까지 다 합치면 재산이 500억쯤은 됩니다. 사업도 물 흐르듯 진행되고 있고요. 그런 제가 뭐가 아쉬워서 살인을 저지릅니까? 그것도 절친의 딸을요? 게다가 출애굽기 20:13에는 살인하지 말라고 적혀 있습니다."

"절친의 딸이기 때문에 죽일 수도 있는 거 아닌가?"

상욱이 성경을 쥐지 않은 오른손으로 효상의 멱살을 잡아 자신의 턱 앞으로 끌고 왔다.

"이 새끼, 너 지금 뭐라고 했어? 잠언 16:28, 패역한 자는 다툼을 일으키고 말장이는……."

강식이 두 사람 사이에 몸을 비집으며 끼어들었다.

"왜 이러십니까? 효상 씨, 말이 너무 심하지 않습니까. 제가 잘못했습니다. 제가 괜한 말을 하는 바람에 이렇게 됐습니다. 그럼 다 같이 가도록 하죠."

간신히 분위기가 누그러진 후 우리 모두는 204호로 향했다. 강식이 초인종을 눌렀지만 아무런 응답이 없었다.

"왜 죄다 대답을 안 하는 거야?"

효상이 중얼거리는데 초인종의 스피커에서 젊은 여성의 목소리가 들려왔다.

[무슨 일이에요?]

강식이 대표로 나섰다.

"아주 큰 일인데, 무슨 일인지 설명하겠습니다. 나와 보세요."

[싫어요.]

강식은 헛웃음을 짓고는 말을 계속했다.

"당신 애인의 딸이 누군가에게 살해당했습니다."

초인종 너머에 갑자기 적막이 깔렸다.

"나와 보세요."

[싫어요. 그렇다면 더더욱 나갈 수 없어요.]

강식은 아무 말 없이 뒤를 돌아 우리를 바라보았다. 효상이 앞으로 나섰다.

"아가씨, 혹시 아가씨가 애인의 딸을 죽였나?"

[뭐라고요?]

스피커 속 목소리의 톤이 높아졌다.

"애인의 돈을 뜯어내야 하는데, 딸의 존재가 거슬려서 말이야."

[미친 아저씨 아니야?]

강식이 효상의 어깨를 뒤로 당겼다.

"효상 씨, 아까부터 말에 너무 가시가 심하게 돋친 것 같은데 좀 자제하시죠."

그러고는 다시 자신이 스피커 앞에 섰다.

"아가씨, 그렇다면 좋습니다. 안 나와도 되니 하나만 물을게요. 1층 보안관리실에 마스터키가 들어 있는 캐비닛이 있습니다. 비밀번호는 종호 선생님만 알고 있다는데, 혹시 비밀번호가 짐작이 가시나요?"

[그건 왜요?]

"저렇게 말하는 걸 보니 알고 있군요."

상욱이 중얼거렸다.

"마스터키를 꺼내서 당신의 애인이 있는 5층의 방문을 열어야 합니다. 아무리 불러도 종호 선생님이 대답을 안 하는 상황이에요. 딸이 그렇게 됐다는 사실은 알려야죠."

[오빠가 왜?]

"저희도 그걸 모릅니다."

[잠시만요.]

몇 분 정도가 흐른 뒤 방문이 열리며 종호의 열여덟 살 연하 애인이 모습을 드러냈다. 흰색 쇼트 패딩에 청바지 차림이었다.

"비밀번호는 0825일 거예요."

"좀 가져와 주시겠습니까?"

강식의 부탁에 직원이 빠른 발걸음으로 계단을 내려갔다.

"저기, 가온이가 살해당했다는 게 정말인가요?"

"사실입니다."

"그렇다면…… 오빠는 어째서……."

"그게 무슨 말이죠?"

강식의 말에 그녀는 입을 다물었다.

"아무것도 아니에요."

"혹시 당신의 애인이 자신의 딸을 죽였다고 생각하시는 건가요?"

내 말에 모두가 눈을 커다랗게 뜨며 나를 쳐다보았다.

"너, 무슨 소리를 하는 거야? 나보다 심한데?"

효상이 비아냥대는 듯한 말투로 말했지만 그녀는 어깨를 파르 르 떨었다.

"아니에요. 그렇게 말하진 않았어요."

"짐작이 가는 게 있죠?"

내 말에 그녀는 입술을 깨물었다.

"다 말할게요."

우리는 2층의 라운지에 있는 소파로 가 앉았다. 그녀는 잠시 숨을 가다듬는 듯하더니 입을 열었다. 이름은 이승희, 종호와 사귄 지는 일곱 달 정도가 되었다고 한다.

"아까 오빠 방에 있을 때 그랬어요. 방으로 돌아가면 절대 나오지 말라고."

"몇 시에 말했죠?"

내 말에 승희가 허공으로 눈동자를 던졌다. 생각에 잠긴 듯했다.

"6시가 되기 전에요."

6시가 되기 전이라면 대략 종호가 나와 교수님께 방을 안내하고 나간 뒤가 아닐까. 정확한 시각을 모르니 그렇게 추측할 뿐이다.

"이유는요?"

"안 알려 줬어요."

"마스터키가 담긴 캐비닛의 비밀번호는 알려 주면서 그 이유는 안 알려 준 거군요."

내 말에 승희는 아무 말도 하지 않았다.

"캐비닛의 비밀번호는 왜 알려 준 거야?"

효상이 따지자 승희는 안절부절못했다.

"그게…… 제가 졸랐어요."

"왜? 마스터키로 다른 사람의 방에 자유롭게 드나들려고 그랬나?"

"그건 절대 아니에요. 전 그냥, 오빠가 자신의 비밀을 내게 공유해 줬음 했어요. 전 오빠에 대해 아는 게 별로 없었거든요. 아무 비밀이면 됐어요. 그랬더니 캐비닛의 비밀번호를 알려 준 거예요."

"어쩌면."

상욱이 말했다.

"방에서 절대 나오지 말라고 한 게 만약 종호 씨가 살인이 일어날 사실을 사전에 알고 있었기 때문이라면?"

"그걸 어떻게 알죠?"

강식의 물음에 효상이 말했다.

"그건 말이지, 종호가 자신의 손으로 딸을 죽였기 때문이겠지. 아까 이 학생이 말한 대로 말이야. 그리고 아가씨, 아가씨도 그걸 눈치챈 거 아냐? 그래서 아까 '오빠는 어째서'라고 말한 거 아닌가?"

효상의 말에 승희가 아무 대답도 못 하고 있을 때 계단에서 직원이 올라왔다.

"캐비닛을 열었습니다."

직원은 손에 마스터키로 보이는 카드를 쥐고 있었다. 우리는 다 같이 나선 계단을 올라 5층의 현관 앞에 도착했다. 강식이 시험 삼아 초인종을 눌러 보았지만 역시나 아무런 대답이 없었다. 강식은 직원에게서 마스터키를 건네받아 현관문 손잡이에 갖다 댔다. '띠리릭' 하는 소리와 함께 문이 열렸다.

5층에는 딱히 현관이라고 말할 공간이 없었다. 곧바로 넓은 바닥이 펼쳐져 있다. 생각했던 것과 달리 방 안은 무지막지하게 넓을 뿐 의외로 수수했다. 흰색 벽은 액자 하나 걸려 있지 않고 휑했다. 5층을 전부 다 쓴다면 이 방은 거대한 도넛 모양이 된다. 이 넓은 곳을 다 찾을 생각을 하자 왠지 귀찮아졌다.

불행인지 다행인지 귀찮은 수고는 덜게 되었다. 현관에서 조금 오른쪽으로 꺾으면 소파가 있다. 로비와 라운지에 있는 흰색 소파다. 그 위에 종호가 누워 있었다. 종호는 흰색 셔츠와 검은색 바지 차림이었다. 목에서 피를 너무 많이 흘려 옷을 온통 적신 바람에 셔츠 밑단으로 겨우 옷이 흰색이라는 사실을 알았다. 종호는 한쪽 팔과 다리를 소파 아래로 늘어트리고 있었다. 자신의 딸인 가온이 발견되었을 때와 같은 자세였다.

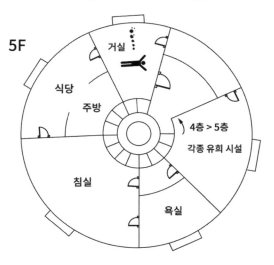

제5장 고뇌하는 탐정

"끄악!"

승희가 비명을 지르며 쓰러졌다. 강식이 바닥에 쪼그려 앉아 승희를 살폈다.

"의무실 없어요?"

강식이 묻자 직원이 난처한 표정을 지었다.

"있긴 한데, 아직 상주하는 의사가 없습니다."

"그럼 대충 침대에 눕혀 놓고 옆에서 좀 봐 주세요."

직원은 승희를 들쳐 업고 계단을 내려갔다. 나와 강식, 효상 그리고 상욱 네 명은 약속이라도 한 듯 한동안 아무 말도 하지 않았다. 연이어 벌어진 사태에 다들 현실성을 느끼지 못하는 듯했다. 그저 시체를 내려다볼 뿐이었다. 효상은 욕지거리를 중얼거렸고 강식은 얼굴을 매만졌다. 상욱은 입술을 깨물었다.

"너의 영광이 산 위에서 죽임을 당하였도다. 어찌하여 용사가……."

효상이 소리를 버럭 질렀다.

"누구야! 누가 죽인 거야?"

나를 제외한 나머지 둘은 굳이 대답하려고 하지 않았다. 그저 한숨만 쉴 뿐이었다. 효상은 머리를 벅벅 긁었다.

"왜 이런 일이. 우리를 초대한 사람이 살해당했어. 심지어 그의 딸도 살해당했다고. 대체 누가 이런 짓을 벌인 거야."

또다시 한숨과 적막이 시체가 놓인 5층 거실을 가득 메웠다.

"학생."

강식이 내게 말했다.

"이제 좀 생각이 바뀔 법하지 않나요?"

"무슨 생각 말씀이십니까?"

"사건 조사요. 학생은 아까 분명 탐정 짓은 하기 싫다고 말했죠. 하지만 벌써 두 명이 살해당했어요. 게다가 그 두 명은 이곳 수상탑의 주인과 그의 딸입니다. 범인은 왜 이 두 명을 살해했을까요? 제가 볼 땐 앞으로 범인은 계속해서 살인을 저지를 겁니다. 아마 그럴 목적으로 이곳을 찾은 거겠죠. 그렇다면 범인의 입장에서 가장 거슬리는 사람은 누구일까요? 바로 이 건물에 대해 잘 알고 있는 그 두 사람입니다. 이렇게 생각하면 앞뒤가 맞지 않나요?"

나는 딱히 할 말이 없었다. 앞뒤가 맞아 보였기 때문이었다.

"세 번째 살인을 막기 위해서라도 학생이 나서야 하지 않을까요?"

"제가 나서면 막을 수 있나요?"

"그 전에 범인을 잡는 거죠."

"그건 확신할 수 없습니다."

효상이 협박하는 듯한 투로 말했다.

"이봐, 너. 비행기에서 응급 환자가 발생했을 때 의사가 아무런 조치도 취하지 않으면 처벌받는 거 알아, 몰라?"

"모릅니다."

"그럼 이참에 알아 둬. 그러니까 너도 적극적으로 사건 해결에 나서야 한다는 말이야. 물론 나는 너에 대해 아무것도 모르고 네가 딱히 사건을 해결할 수 있다고 믿는 건 아니야."

상욱이 고개를 끄덕였다.

"하긴, 두 명이나 살해당했는데 탐정보다는 힘 좋고 싸움 잘하는 사람한테 의지하는 게 나을 수도 있어요. 뭐, 여기서 그 사람은 저인 것 같긴 하지만요. 게다가 탐정이 괜히 범인 잡겠답시고 여기저기 들쑤시고 다니다간 또 사건이 일어날지도 모르죠. 쓸데없는 짓 그만하고 탈출할 때까지 다 같이 살 방법이나 찾는 게 나을 수도 있단 말이에요."

"물론 나도 그런 생각을 안 한 건 아니지만, 해야 할 일을 안 하면 안 되지 않겠어?"

"그럼 효상 선생님이 해야 할 일은 뭔가요?"

"나는 사람들을 감시하겠어."

그러자 상욱이 눈을 살짝 찌푸리고 말했다.

"그쪽은 입이 워낙 험해서 감시가 아니라 이간질을 하는 거 아니에요?"

효상이 발끈하겠거니 생각했는데 예상외로 그는 얌전한 모습을 보였다.

"안 그럴 테니 걱정 말라고."

강식이 말했다.

"좋아요. 그럼 우리 넷이서 지금부터 수상탑에서 일어난 두 번의 살인 사건을 조사하는 걸로 하죠. 리더는 규현 학생으로 하고요."

"그러기엔 문제가 있지 않나요?"

상욱이 강식의 말을 가로막았다.

"무슨 문제죠?"

"잠언 25:19, 진실하지 못한 자를 의뢰하는 것은 부러진 이와 위골된 발 같으니라. 우리 중에 범인이 있을 가능성을 고려해야 한단 말입니다."

또다시 침묵이 우리 사이를 메웠다.

"하긴 그렇군요. 그럼 우리끼리 범행이 가능한지 아닌지 따져 보도록 하죠. 범인이 아님을 명백히 증명할 수 없는 사람은 조사단에서 빠지는 걸로. 규현 학생, 어때요?"

"좋은 의견입니다. 하지만 별 효과는 없을 것 같네요."

"무슨 소리지?"

"아주 지극히 간단한 문제입니다. 범인은 종호 선생님을 살해한 뒤 어디로 어떻게 도망쳤을까 하는 문제가 말이죠. 우선 확인할 게 있습니다. 어쩌면 5층의 문은 다른 층의 문과 다르게 문을 닫으면 자동으로 잠기는 걸지도 몰라요. 건물 주인의 프라이빗한 공간이라 특별히 그렇게 했을지도 모릅니다. 강식 선생님, 혹시 잠시 문밖에 서서 제가 문을 닫으면 곧바로 열어 보시겠어요?"

강식은 내 말에 순순히 문밖으로 나갔다. 내가 문을 닫자 곧바로 문이 열리며 강식이 안으로 들어왔다.

"그렇지는 않군요."

"문을 잠그는 법은 두 가지입니다. 하나는 여기 보이는 문 안쪽의 잠금 버튼을 누르는 거죠. 또 하나는 밖에서 키를 문손잡이에 갖다 대는 방법입니다. 우선 종호 선생님이 직접 문 안쪽의 잠금 버튼을 누른 것 같진 않습니다. 문 근처의 바닥에는 핏자국이 없으니까요. 종호 선생님은 칼에 찔린 후 문 가까이 오지 않았다는 뜻입니다. 물론 칼에 찔리기 전에는 문을 잠그고 있었을 수도 있습니다. 아무래도 이쪽이 더 가능성이 크겠죠. 하지만 그렇다면 범인은 이곳에서 나간 후 어떻게 문을 잠갔을까 하는 의문이 남습니다. 우선 마스터키는 사용하지 않았다고 봐도 될 것 같습니다. 그렇다면 종호 선생님 소유의 키를 가져갔을 가능성인데요. 여길 보시죠."

나는 문 바로 옆에 있는 서랍장 위를 가리켰다. 서랍장 위에는 유리 케이스가 있었는데 그 안에 키가 들어 있었다. 케이스의 자물쇠 부분에는 열쇠 구멍이 없이 동그란 버튼이 달랑 하나가 있을 뿐이었다.

"일단 이 키가 이곳의 문을 여는 키인지 확인을 해 봐야 합니다. 제 생각에 이건…… 지문 인식 같습니다."

나는 케이스를 들고 종호의 시신 앞에 섰다.

"실례하겠습니다."

종호의 오른손 검지를 동그란 버튼에 갖다 대자 딸깍하면서 케이스가 열렸다.

"강식 선생님, 이번엔 이 키를 가지고 밖에 나가셔서 제가 문을 닫으면 문이 잠긴 걸 확인하신 후 이 키로 열어 보시겠어요?"

"그러죠."

강식이 키를 들고 나간 후 버튼을 눌러 문을 안에서 잠갔다. 그 후 밖에서 삑 하는 소리가 들리더니 문이 열리며 강식이 모습을 드러냈다.

"확실히 이 방 키가 맞네요."

효상이 얼굴을 찡그렸다.

"종호는 대체 왜 자기 방 키를 저런 데다 보관한 거야? 그러지만 않았어도."

"글쎄요. 일단 정리하자면 범인이 5층을 빠져나갈 때 종호 선생님의 키는 들고 갈 수 없었습니다. 마스터키 말고 여분의 키는 없다고 하고요. 그렇다면 대체 범인은 어떻게 문을 잠근 걸까요? 그걸 해결하지 못한다면 개개인의, 보통 알리바이라고 부르는데, 그게 없다고 해도 딱히 그 사람을 경계할 만한 합리적인 근거가 없다는 뜻입니다."

강식이 짧게 신음을 뱉었다.

"살해 후 완강기를 타고 아래로 내려간 건 아닐까요?"

"객실에는 창이 없어요."

상욱의 말을 효상이 반박했다.

"아니, 5층은 창이 있어. 완강기도 있을걸. 그럼 각자 찾아보지."

움직이려는 효상을 상욱이 붙잡았다.

"잊으면 안 됩니다, 우리 중에 살인범이 있을 가능성을요."

"흥, 좋아. 다 같이 둘러보자고."

잠깐.

"잠시만요. 한 가지 가능성이 더 있습니다."

내 말에 상욱이 물었다.

"뭔가요, 학생?"

"범인이 아직 어딘가에 숨어 있을 가능성입니다. 5층 전체라고 하면 매우 넓고, 그만큼 숨을 공간도 엄청 많을 겁니다."

세 명은 동시에 숨을 삼켰다.

"그렇겠군요. 무기가 없을까요?"

강식이 주위를 두리번거리자 상욱이 말했다.

"제가 합기도 유단자입니다."

그 말에 효상이 코웃음을 쳤다.

"모르는구만. 예전에 미군이 유튜브에 칼을 든 괴한을 상대하는 방법을 소개하는 짧은 영상을 올렸어. 그 내용이 뭔지 아나? 냅다 도망치는 거야. 방법이 없다, 이 말이야."

그때 강식이 음흉한 웃음을 지었다.

"이에는 이, 눈에는 눈이고, 칼에는 칼이죠. 주방에 칼이 있지 않을까요?"

"좋은 생각인데?"

주방은 거실 바로 옆에 있었는데 너무 넓어서 요리 경연 대회를 열어도 충분할 정도였다. 회색의 메탈 주방 가구 아래쪽의 서랍장을 열자 각종 요리 기구들이 가득했다. 주방용 식칼 또한 여러 자루가 칼꽂이 구멍에 빼곡하게 전부 꽂혀 있었다. 우리는 각자 칼을 하나씩 골라 손에 쥐었다.

"잠깐. 그쪽, 합기도 유단자라고 하지 않았나. 칼을 내려놔."

효상의 말에 상욱이 황당해하며 따졌다.

"왜요? 도망치는 방법밖에 없다면서요?"

"만약 당신이 살인범이라면 지금 이 자리에서 그 화려한 합기도 실력으로 모두를 베어 버릴 수도 있잖아."

상욱은 헛웃음을 지으며 고개를 저었다.

"좋습니다. 그럼 저는 칼을 내려놓죠. 그 대신 여러분들이 저를 지켜 주세요."

"그러지."

"한 가지 제안을 하겠습니다."

강식이 칼을 치켜들며 말했다.

"왜 그래? 칼 내려."

"아, 이건 실수입니다. 아까 제가 말씀드렸다시피 저희 네 명이 이번, 아니 두 건의 살인 사건의 조사단이라고 봐도 될 거 같습니다. 물론 리더는 이 학생이고요. 이곳에는 우리 네 명 말고도 다른 사람들이 몇 명 더 있습니다. 일단 우리 넷이 힘을 합쳐 그 사람들의 혐의부터 명명백백히 밝힌 뒤에 우리끼리 철저히 조사를 하는 건 어떨까요?"

"글쎄. 좋아 보이긴 하는데, 그 사람들이 동의를 해 줄까?"

"그야 다른 사람들에겐 우리가 결탁했다는 사실을 숨기면 될 일입니다."

"리더에게 물어보지. 어때?"

나는 잠깐 고민한 후 대답했다.

"엄청 효과적일 것 같진 않지만 시도해 볼 만한 것 같습니다."

"그럼 그렇게 하죠. 이제 수색을 시작합시다. 모두 살인범의 기습을 조심해요."

우리는 거실에서부터 반시계 방향으로 돌며 움직이기로 했다. 거실의 외벽에는 창이 있지만 완강기는 없었다. 발코니로 향하는 경로의 바닥에도 핏자국이 나 있다. 문은 활짝 열려 있다. 발코니로 나가자 벽면에 붙어 있는 완강기가 보였지만 박스는 굳게 잠긴 상태였다. 발코니의 바닥에도 핏자국이 보였다. 발코니는 대략 12시와 1시의 중간 방향을 향해 있는 듯하다. 발코니와 그 근처 바닥에는 물이 흐른 부분도 있다. 활짝 열린 문틈으로 비바람이 들어온 듯했다.

"범인이 이걸 사용해 땅으로 내려간 뒤 완강기의 모든 부품을 다시 박스에 넣어 닫을 수는 없겠지."

효상이 중얼거렸다.

그다음은 주방과 식당을 거쳐 침실이었다. 5층을 혼자서 다 쓰다 보니 이 공간을 침실이라고 불러도 될지 애매할 만큼 커다란 공간이었다. 일단 침대가 있으니 침실인 거 같긴 하지만 침실이 각 층마다 있는 라운지 정도의 크기는 되었다. 침대 옆에는 매우 거대한 옷장이 있었다. 가로는 짧아도 6m 정도 되고 높이가 2m는 넘어 보였다. 사람 한 명은 충분히 들어가고도 남을 크기였다.

우리는 옷장 앞에 섰다. 칼이 없는 상욱이 옷장의 문을 하나씩 열면 나머지가 냅다 칼을 옷장 안으로 들이미는 방식을 채택했다. 다행히 숨어 있는 사람은 없었다.

"여기에 살인범이 숨어 있었다면 사건은 깔끔하게 해결되는 건데."

효상이 아쉬운 듯 입맛을 다셨다.

다른 층의 방과 달리 이곳은 침실에도 독립된 발코니가 있었다. 이곳의 완강기 또한 사용 흔적은 없었다.

그다음은 욕실이었다. 욕실 또한 크기가 어마어마해 영업을 해도 될 정도였다. 각각 테마가 다른 중형 욕조가 네 개가 있고 건식, 습식 사우나 방과 얼음방, 탈의실도 있었다. 모든 곳을 뒤졌지만 사람은 보이지 않았다. 욕실에도 발코니가 있는데 이곳의 완강기 또한 사용 흔적이 없었다. 그다음으로 나타난 공간인 개인 영화관, 당구대와 포커 테이블 등이 있는, 'Game room'이라는 이름이 붙여진 공간에도 사람은 없었다. 휴식 공간에 딸려 있는 발코니에 있는 완강기도 사용 흔적은 없었다. 휴식 공간을 둘러보는데 무언가가 눈에 들어왔다. 작은 나선 계단이 위를 향해 솟아 있었다.

"이 계단은 뭘까요?"

강식의 물음에 효상이 손가락으로 위를 가리켰다.

"이 위쪽은 옥상인데, 헬기 착륙장도 있고 옥상 정원도 있고 그래."

우리는 다 같이 천천히 나선 계단을 올라갔다. 묵직한 비상문을 열자 옥상이 모습을 드러냈다. 커다란 헬기 착륙장이 가장 먼저 보였고 그 주변을 둘러싸는 형태로 옥상 정원이 꾸며져 있었다. 데크 산책로가 원을 그리고 있고 군데군데 벤치와 가로등이 자리 잡았다. 숨어 있는 사람은 보이지 않았다.

"이상하네요. 왜 옥상으로 가는 길을 본인의 거주 공간 안에 만들었을까요?"

강식의 말에 효상이 어깨를 으쓱했다.

"그야 옥상을 본인만 쓸 생각이었기 때문이겠지. 이곳에 대해서는 나는 몰라."

옥상에서 내려온 우리는 5층을 한 바퀴 돌아 거실로 되돌아왔다.

"아무런 수확도 없군요."

상욱이 중얼거렸다.

"아니지, 사용 흔적이 없는 걸 확인했으니 수확이 있는 거지."

"뭡니까. 갑자기 왜 그렇게 긍정적이에요."

강식이 효상을 놀리듯 말했다.

"그러지 않으면 정신이 나갈 것만 같다고. 그럼 학생, 어때? 완강기는 사용하지 않았다고 봐도 되겠지?"

"네."

"하지만 그럼 범인은 대체 어떻게 여길 빠져나간 거죠? 발코니 아래쪽은 대리석 바닥이잖아요. 뛰어내리면 죽어요. 바다는 너무 멀리 떨어져 있고요."

상욱이 모두를 향해 질문을 던졌다. 또다시 침묵이 흘렀다.

"알 수 없군요."

강식이 이마를 문질렀다.

"선생님들께 뭐 하나 여쭤봐도 될까요?"

"되겠지."

"제가 교수님과 같이 1층에 내려왔을 때, 여러분들은 로비에 계셨죠. 제가 확인하기로 그때 시각이 8시 20분을 넘었을 때인데요. 식사 시간이 지났는데도 여러분들은 식당에 가지 않고 계속 로비에 있었나요?"

강식이 고개를 끄덕였다.

"종호가 아직 안 내려왔다길래 로비에 있었죠."

"혹시 세 분은 몇 시부터 로비에 계셨나요?"

"저는 한 7시 반 정도에 내려갔습니다. 내려가던 도중 상욱 씨랑 계단에서 만났었네요. 로비에는 효상 씨가 있었고요."

"나는 7시쯤에 일찌감치 내려왔어. 방에 있어 봤자 할 일도 없고."

"그럼 세 분은 정전 전후에 로비에서 자리를 비운 적이 없으신가요?"

강식이 말했다.

"없어요."

"용제 씨는 언제부터 있었나요? 저에게는 사우나를 하러 간다고 했거든요. 아, 그리고 가온이를 데리고 왔을 때 용제 씨가 보이지 않았던 걸로 기억하는데요."

내 말에 상욱이 답했다.

"그 사람은 7시 50분쯤에 로비에 왔는데, 머리가 덜 마른 걸로 봐서 씻은 것 같긴 하더군요. 정말로 사우나를 이용했는진 모르겠지만요. 그리고 그 후에는 시체를 보기 싫다면서 자기 방으로 올라갔어요."

"그럼 세 분 중 가온이 계단에서 내려와 현관을 통해 밖으로 나가는 걸 보신 분은요?"

내 말에 세 명은 서로의 얼굴을 쳐다볼 뿐이었다.

"없나 보군요."

강식이 말했다.

"CCTV를 확인해 보면 될 거야. 로비와 현관을 비추는 CCTV가 있던 걸로 기억하거든."

"그럼 내려가죠."

거실을 빠져나가려는 강식을 상욱이 붙잡았다.

"종호 선생님은 저렇게 놔두고 가는 건가요?"

"그럼 어떻게 할까요?"

"1층 얼음방에 놔두지. 거기에 딸의 시체도 있잖아. 옆에 나란히 놔두면 되겠네."

"누가 옮기죠?"

내 말에 사람들이 약속이라도 한 듯 나를 쳐다보았다.

"네가 힘 좀 써 줘."

효상이 내 한쪽 어깨에 손을 얹었다.

"우리는 다 나이가 있어서 사람 한 명을 옮기기엔 힘이 들어."

"하지만요, 저분은 출혈량이 너무 많습니다."

"옷이 더러워질까 봐 걱정하는 건가?"

"아닙니다. 제가 업고 가겠습니다."

"그 전에 시신의 상태를 좀 보고 가는 게 좋지 않을까요?"

상욱이 말하며 나를 쳐다봤다.

"제가 보겠습니다."

나는 입가를 찡그리며 종호의 시신 가까이로 고개를 들이밀었다. 오른쪽 턱 아래쪽의 목 부분, 우리가 흔히 맥을 짚는 부분의 피부가 벌어져 있다.

"비전문가라 잘 모르겠지만 경동맥을 그은 것 같습니다."

"죽은 지 얼마나 됐나요?"

강식의 질문에 나는 그를 슥 쳐다보았다.

"잘 모르겠습니다."

"비전문가라잖아."

"그럼 확인할 것도 없겠군요."

나를 보는 강식의 눈빛이 왠지 나를 한심하게 여기는 것 같아 발끈했다.

"다만 상처의 모양이 좀 지저분합니다. 그러니까, 여러 번 칼로 그은 것 같습니다. 꽤나 고생을 한 것 같은데요."

"잠깐, 그렇다면 종호가 저항을 하지 않았을까?"

효상의 말에 강식이 박수를 치며 환호성을 질렀다.

"그겁니다. 그래서 종호는 발코니로 도망친 거예요. 발코니 바닥에 핏자국이 있었잖아요."

"하지만 시체는 소파에 있었잖아."

"그건, 그러니까, 그겁니다. 먼저 종호가 발코니로 도망쳤어요. 그 후 어떤 알 수 없는 이유로 인해 범인은 알 수 없는 방법으로 여기를 빠져나갔습니다."

"그 알 수 없는 방법이 뭔지는 제쳐 두고, 알 수 없는 이유가 뭐지?"

"그 두 개가 연관되어 있는 거예요. 그러니 그 이유를 추측하면 방법도 알 수 있습니다."

"하지만 방법이 없는걸요. 그렇다면 그런 이유도 있을 수 없는 것 아닐까요?"

상욱의 말에 강식은 입을 다물어 버렸다.

"너는 어떻게 생각해?"

효상이 내게 물었다.

"나름 설득력 있는 추리입니다."

"좋았어!"

강식이 두 주먹을 불끈 쥐었다.

"그리고, 방법은 있을 겁니다. 그러니 범인이 이곳에서 빠져나 갔겠죠."

"오오."

강식의 눈동자가 커졌다.

"명언인데."

효상이 박수를 치며 감탄하는 듯 말했다.

"그런데 말이죠."

상욱이 배를 쓰다듬며 사람들을 쳐다보았다.

"뭐를 안 먹은 지 한참 지났네요. 배가 고파서."

그 말에 휴대전화를 보니 어느새 시각이 오후 10시 반이었다. 연이어 벌어진 끔찍한 일에 배고픔도 느끼지 못할 정도로 교감 신경이 활발해진 듯하다.

"요리를 할 사람이 시체가 되어 저렇게 누워 있는데요."

강식이 소파 위에 쓰러져 있는 종호를 가리키며 말했다.

"나는 패스. 시체를 보니 입맛이 없네. 2층 라운지에 있는 쿠 키나 집어 먹지."

"저도 입맛이 없네요."

강식 또한 식사 의사가 없음을 표시하자 상욱이 왠지 모르게 간절해 보이는 눈빛으로 나를 쳐다봤다.

"그럼 규현 학생이랑 둘이서 식사를 하면서 사건에 대해 얘기를 나눠 보죠. 이래 봬도 제 취미 중 제일 잘하는 게 요리거든요. 식재료쯤은 있겠죠. 이사야 58:7, 주린 자에게 네 양식을 나누어 주며 유리하는 빈민을 네 집에 들이며……."

"죄송하지만 교수님이 기다리고 있으셔서요."

"아, 그래. 둘이 그렇고 그런 사이였지."

상욱이 혀를 찼다.

"좋아요. 그럼 나 혼자라도 고급 식재료를 다 털어서 먹겠습니다."

"혼자 행동하면 안 될 텐데."

"살인범한테 죽으나 배고파서 죽으나 죽는 건 마찬가지죠. 하지만 저까지 죽으면 여러분들이 골치가 아파질 테니 저도 식사는 라운지의 쿠키로 대신할게요."

"탐정님, 그럼 이제 뭘 하면 될까요?"

강식이 내게 물었다.

"일단 좀 쉬고 내일 조사를 이어 가시죠. 그 전에 종호 선생님의 시신을 어떻게 처리하냐인데, 아까 보니 이곳 5층에도 얼음방이 있더군요. 제가 시신을 업어서 그곳에 갖다 놓겠습니다. 굳이 1층까지 갈 필요 없이요."

"고생해."

썩 내키진 않지만 이미 한번 시체를 업은 몸이기도 하니 내가 나서기로 했다. 종호의 몸 밑으로 두 팔을 넣어 지게차처럼 들어 올렸다. 아직 덜 굳은 피가 내 옷에 달라붙는 게 느껴졌다. 아주 살짝 온기가 남아 있는 듯한 느낌이 들어 소름이 돋았다. 시신은 사후 경직이 나타나지 않은 듯했다. 어차피 나타나 봤자 사망 추정 시각을 추정할 능력도 없고 생각도 없다.

다만 신경 쓰이는 건 아빠와 딸 둘 중에 누가 먼저 살해당했냐 하는 점이다. 예전에 어디서 본 적 있는 이야기인데, 부모와 자식 두 명이 죽었는데 사망 시각이 1초가 차이 나 유산 상속의 방식이 크게 달라졌다고 했던가. 종호의 재산이 어떻게 될지 크게 궁금하진 않다. 그냥 가온의 죽음이 안타까울 뿐이다. 둘은 죽기 직전 서로가 죽었다는 사실을 알고 있었을까. 둘은 하늘나라에서 서로를 보고 얼마나 놀랄까. 기뻐할까 슬퍼할까. 아니면 생전의 관계를 고려했을 때 아무렇지도 않을까.

얼음방에 종호의 시신을 놔두고 거실로 되돌아왔다.

"그럼 오늘은 이만 해산인가요. 내일은 어떻게 하죠?"

강식이 모두를 둘러보며 물었다.

"아침 10시까지 식당에 모이는 건 어떤가. 내일은 밥을 먹어야 할 거 같은데. CCTV도 확인해야 하고."

효상의 말에 상욱이 고개를 끄덕였다.

"좋습니다."

"학생은?"

"저도 좋습니다."

"좋아, 그럼 내일 보지. 무사히 살아서 내일 식당에서 보자고."

효상의 덕담을 끝으로 우리는 각자의 방으로 돌아갔다. 나선
계단을 한 칸 한 칸 내려가는 게 무척이나 힘들었다. 체력적으로
도 지치긴 했지만 심적으로 한계에 다다른 것 같다. 내일부터는
나름 본격적인 수사를 진행하자며 그 세 명이 말할 것이다. 생각
만 해도 머리가 아파 왔다. 무엇보다도 내가, 아니 모든 사람들
이 머리를 쥐어짜 내 봤자 사건을 해결할 수 없을 거라는 강한
예감이 들었다. 설명할 수 없는 상황이 너무 많다.

404호에 돌아와 초인종을 눌렀다. 문을 열어 주던 교수님이
나를 보고는 소리를 질렀다.

"규현아, 너, 너 옷에 피가!"

아차. 이제 보니 흰색 니트의 배 부분에 종호의 피가 잔뜩 묻
어 있다. 아까 가온을 데리고 왔을 때는 안 묻어 있었다. 뭐라고
변명을 해야 할까. 종호가 살해당했다고 말하기엔 망설여졌다.
어쨌든 예전에 교수님과 만났던 사람이니까 아무래도 그렇다.
하지만 이미 두 명이나 살해당한 시점에서 범인이 더 살인을 저
지를 수도 있다는 의견 또한 타당하다. 그렇다면 교수님께 알리
는 게 좋지 않을까. 나는 결심을 하고 교수님께 비보를 전했다.

"으흑!"

교수님은 그 자리에 주저앉아 얼굴을 감싸 쥐고 울기 시작했
다. 나는 그냥 옆에서 가만히 지켜보기로 했다. '괜찮냐'고 묻는
것만큼 이 상황에서 더 어리석은 말은 없을 것이다. 10분 정도

지나자 교수님은 진정이 좀 되었는지 눈물을 손으로 닦으며 울음을 삼키려 애썼다. 나는 조용히 테이블 위에 있던 티슈를 교수님께 건넸다.

"왜 종호가 그런 일을……. 왜 종호가 죽어야 했던 거야?"

"모르겠습니다."

"누가 죽였는지 알아냈니?"

"그것 또한 모르겠습니다. 실은 설명할 수 없는 일이 좀 많습니다."

교수님이 세게 코를 풀었다.

"어떤 일?"

"그걸 지금 다 얘기하기엔 좀 그렇습니다."

"나는 말이야."

교수님은 잠시 숨을 골랐다. 이제 거의 울음은 멈추었다.

"종호를 죽인 범인을 꼭 잡고 싶어."

"네."

"그러기 위해선 너의 역할이 절실해. 넌 사실 사건을 해결하는 게 별로 달갑지 않지?"

"알고 계셨군요."

"지금까지 너와 알고 지낸 날이 얼만데. 내가 늘 너보고 강제로 사건을 해결하라고 밀어붙였잖아. 친한 형사한테서 사건 정보를 얻어 내면서까지 말이야."

"맞습니다. 불법 행위죠."

"네 말대로야. 하지만 너는 분명 추리에 재능이 있어. 재능이 있고 그것이 공익에 도움이 된다면 최대한 활용해야 하는 거 아닐까?"

"하지만 사건을 해결할 때마다 저는 너무 지칩니다. 체력적인 문제를 말하는 게 아니에요. 피해자가 죽기 직전을 살피고, 관련자들을 한 명 한 명 의심하는 게 제게는 쉽지 않은 일입니다. 특히 의심을 할 때면 제 안의 에너지가 모두 빠져나가는 기분이에요."

"무슨 말인지 이해해."

"무엇보다도, 제가 교수님 밑에 있는 건 입자 물리를 깊게 공부하고 싶어서입니다. 교수님도 아시겠지만 공부나 연구에는 많은 에너지가 필요하잖아요. 저는 그 에너지가 다른 곳으로 새어 나가는 걸 원치 않아요. 지금까지 교수님은 제게 아낌없는, 전폭적인 지원을 해 주고 계십니다. 그 부분은 분명히 감사해요. 하지만 가끔씩 교수님이 저를 사건 현장에 밀어 넣을 때마다 솔직히 좀 힘듭니다."

"하지만 그저 나와 네 주변에서 사건이 일어날 뿐이잖아. 그렇지?"

"그렇긴 합니다."

"게다가 너는 사건을 조사하면서 사람들을 대할 때면 묘하게 평소보다 더 친절해져. 너는 평소에 다소 냉소적인 태도를 보이잖아. 혹시 알고 있니?"

"알고 있습니다."

"물론 나는 너에게 그런 태도를 고치라고 굳이 말하고 싶지 않아. 어차피 우리가 하는 연구는 결국 혼자 하는 게 중요하니까. 그리고 너의 그런 태도는 아주 오래 전의 일 때문에 어쩔 수 없이 생겼다는 것도 알아. 하지만 내가 감히 인생 선배로서 말해 보자면, 시니컬하지 않고 사람들에게 친절하게 대할 때면 멋진 일들이 일어나곤 해. 그리고 너의 경우는, 사건을 조사할 때 그렇게 된다는 거야. 물론 그 대가로 너의 에너지를 소모한다고 볼 수도 있지만……. 내가 너를 사건 현장에 밀어 넣는 이유는 그런 거야. 사람들에게 친절한 너의 모습을 보고 싶은 거지."

"무슨 말씀인지 알겠습니다."

"게다가 말이야, 나는 이제 의지할 사람이 너밖에 없어. 아니, 내가 처음부터 의지할 사람은 너였어. 무슨 이상한 감정을 말하는 게 아냐. 종호랑은 과거에 연인이기는 했지만 안 좋게 헤어진 만큼…… 종호는 나랑 만날 때도 바람을 피웠어. 내가 굳이 그런 종호의 초대에 응해서 여기까지 온 건 오랜만에 바다를 보면서 좀 쉬고 싶었기 때문이야. 너까지 데려온 건 네가 종호한테서 나를 지켜 줬으면 하는 바람도 있어서였고."

"제가 뭘 할 수 있나요."

"그냥 옆에 있으면 돼. 나와 네가 연인 사이로 비치면 더 괜찮을 거라 생각했어. 너는 기분이 안 좋겠지만."

그 생각이 맞다고 말하기도 뭐하기에 가만히 있으니 교수님이 웃었다.

"진짜 기분이 안 좋았나 보네."

"아닙니다."

"여튼, 이제는 상황이 더 심각해졌어. 두 명이나 죽인 살인자가 이 안을 돌아다니고 있잖아. 그리고 우리는 완전히 갇혔어. 나갈 배도 없고 휴대폰도 안 돼. 이제 더더욱 네가 나를 지켜 줘야 하는 상황인 거야."

"그런 건가요."

"그런 거야. 그리고 종호를 죽인 범인에게 복수도 해 줘야지. 안 그래?"

"음, 그렇습니다."

교수님이 또다시 웃었다. 다행히 종호의 죽음으로 인한 충격에서 어느 정도 벗어난 듯하다. 쨌든 우는 것보단 웃는 게 낫다.

"나는 자야겠어. 스무 시간 정도를 못 자다가 차에서 잠시 눈을 붙이고는 멀미를 해 가며 도착했는데 살인 사건이라니, 너무 지친 것 같아. 너는?"

"저도 이만 자겠습니다."

"내일 몇 시에 일어날 거니?"

"아침 9시입니다. 사건 조사를 할 겸 사람들끼리 모이기로 해서요."

"잘 생각했어. 그럼 잘 자."

나는 내 침실로 들어가 침대 위에 누웠다. 나 또한 몸과 마음이 무척이나 지쳤다. 오랫동안 운전을 하기도 했고, 예상치 못한 사건에 휘말리게 되어 그런 것 같기도 하다.

생각해 보니 나는 예상치 못한 사건을 마주했을 때 마음속의 에너지가 빨리 소모되는 것 같다. 내 인생 최초로 예상할 수 없었던 가장 큰 일은 바로 다섯 살 때 있었던 어머니의 죽음이었다. 다섯 살이라 잘 모르긴 했지만 스물다섯 살이었어도 예상하지 못했을 정도로 어머니는 겉으로는 아무렇지 않아 보였다.

어머니의 죽음이 아버지의 바람으로 인한 자살이었다는 사실은 열세 살 정도에 알게 되었다. 물론 그 전까지 나이를 먹고, 아버지가 나를 대하는 태도를 보며 어머니 또한 아버지 때문에 많이 힘들어했으리라는 사실 정도는 알았다. 아버지는 그때도 다른 여자와 만나며 어떻게 하면 자연스럽게 나를 버릴까 고민했던 게 틀림없었다. 마땅한 방법이 없었던 모양인지 아버지는 자신이 먼저 내 곁을 떠나는 방법을 택했다. 죽음으로써 말이다.

아버지도 자살을 한 건가, 이유가 뭔가 생각하는데 경찰이 찾아왔다. 그러면서 아버지를 증오하는 사람을 아는지 내게 물었다. 아버지는 누군가에게 살해당한 것이다. 경찰이 아무것도 모르는 나를 붙잡고 너무 많이 질문을 한 덕에 나는 아버지의 바람 상대가 유부녀이고 그녀의 남편이 유력 용의자로 지목된 사실을 알게 되었다. 경찰은 그를 범인으로 지목할 이렇다 할 물증을 잡지 못한 모양이었다. 나는 그것까진 아무 상관 없었다. 그런데 경찰은 화풀이를 하고 싶었는지 나를 거의 취조하듯 조사해 댔다. 아마 그때부터 누군가를 의심하는 행위에 심한 혐오감을 느끼기 시작했는지도 모르겠다.

학부 때 나는 나름 성적이 좋긴 했지만 그때 교수님이 나를 눈여겨보지 않았다면 나는 지금 어떻게 됐을지 모르겠다. 그러니 나는 교수님이 하라는 대로 해야 한다. 일부러 냉소적으로 사람들을 대하는 건 아니지만 교수님이 바꾸라면 바꿔야 하는 것이다. 내가 탐정 짓을 할 때 사람들에게 친절해지는 건, 과거에 내가 경찰에게 시달렸던 상처 때문일까. 나는 그렇게 하지 않아야겠다는 생각이 깔려 있는 걸까.

갑자기 수마가 덮치며 의식이 스르르 사라졌다.

제6장 흑색 의혹

휴대전화 알림음에 눈을 떴다. 곧장 교수님이 무사한지 확인했다. 어차피 현관문이 잠겨 있긴 했지만 종호의 죽음을 보면 안심할 수 없다. 다행히 교수님은 가슴팍을 위아래로 움직이며 곤히 잠든 상태였다.

발코니로 나가니 바람은 제법 멎어 있었다. 바다가 꽤 멀리 있어 파도의 상태는 보이지 않았다. 아름답게 가꿔졌던 플랫폼 위의 공간은 엉망이 되어 있었다. 태풍뿐만 아니라 쓰나미도 함께 온 것처럼 나뭇가지를 포함한 많은 잔해가 여기저기에 쌓여 있다. 엉망이 된 곳은 발코니도 마찬가지다. 화분이 모두 쓰러지는 바람에 흙이 바닥에 쏟아졌다. 갈색으로 말라비틀어진 꽃이 뿌리를 드러냈다. 의자도 넘어진 채 여기저기에 나뒹굴고 있다. 비바람이 엄청 강했기 때문인지, 아니면 건물이 살짝 흔들렸기 때문인지는 모르겠다.

여전히 휴대전화는 먹통이다. 하긴 용제의 말처럼 날씨를 조작하며 휴대전화가 먹통이 된 건 아닐 테니 날씨와는 상관없는 게 자연스럽다. EMP 폭탄 같은 게 아니라면 말이다. 폭탄이라……. 배의 엔진도 확인해야 한다. 그저 재수 없게 엔진이 고장 나는 바람에 폭발한 건지 아니면 누가 손을 쓴 건지부터 명확히 해야 한다. 전자였으면 좋겠지만…….

범인의 입장에서 배가 어떤 이유로든 고장이 난다면 어떨까. 자신도 이곳을 탈출하지 못하고 용의선상에서 벗어나지 못할 것이다. 그렇다면 내 바람대로 배의 엔진 고장은 우연일까? 그럼 범인은 두 건의 살인을 저지른 후에 뒤늦게 배가 고장 났다는 사실을 알게 된 걸까.

두 건의 살인은 어떤 순서로 이루어졌을까. 그리고 휴대전화는 왜 계속 터지지 않는 것일까. 만약 날씨가 아닌 다른 이유로 근처 기지국에 문제가 생겼다고 해도 하루가 지났는데 그사이에 충분히 고칠 법하지 않을까.

씻는 게 귀찮아져 머리에 지어진 까치집만 해체한 후 식당으로 내려갔다. 식당에는 어제 조사단을 꾸리기로 한 세 명 외에도 용제가 있었다. 네 명은 원목 상판으로 만들어진 6인용 원형 테이블에 둘러앉아 있었다. 생각해 보니 이곳에 도착해 식당을 방문하는 게 처음이다. 대리석 타일이 깔린 6인용 테이블 구역과 네이비 계열의 카펫이 깔려 있는 창가 좌석 구역이 구분되어 있다. 벽지는 무난한 흰색에 천장에는 크리스털 샹들리에가 달려 있다.

벽 곳곳에 바다를 모티브로 한 것 같은 현대 미술 작품이 걸려 있고 엄청 비싸 보이는 도자기, 생화가 꽂혀 있는 화분이 놓여 있다. 식당 깊숙한 곳에는 오픈 키친의 일부가 보인다. 스테인리스 스틸의 메인 조리대가 번쩍하며 빛을 냈다. 하지만 서글프게도 저 조리대에서 실력을 뽐낼 사람은 어제 살해당했다.

효상이 나를 보고 손을 번쩍 들었다.

"이봐, 탐정. 왜 이렇게 늦게 왔어? 살해당한 줄 알았잖아."

"아직 10시가 안 됐습니다."

"교수는?"

"주무시고 계십니다."

"교수가 살해당하면 어쩌려고? 종호도 문을 잠갔지만 당했잖아."

나는 효상과 용제 사이의 빈 의자 두 개 중 효상 쪽의 자리에 앉았다. 용제가 내 쪽으로 한 칸을 이동했다.

"아저씨, 탐정이에요?"

용제가 나를 쏘아보며 물었다.

"아니에요."

강식이 입술을 혀로 훑고는 말했다.

"그나저나 다른 사람들은 안 내려오네요."

상욱이 양어깨를 으쓱했다. 여전히 성경책을 손에 쥐고 있다.

"내려오라고 말을 안 했으니까요."

"그렇긴 한데, 일단은 모든 사람들이 한 번쯤은 모여야 하지 않나 합니다. 앞으로 어떻게 대처를 할지 논의해 봐야죠."

"그럼 누군가가 나서서 전부 다 불러오기로 하죠."

상욱의 말에 강식의 목소리가 커졌다.

"자꾸 잊으시네요. 우리 중에 살인자가 있다는 사실을요."

"아, 그랬죠. 이거 참, 혼자 다니는 것도 마음대로 못 하게 생겼네요."

강식이 용제를 가리켰다.

"저는 이 친구와 같이 방을 쓰니 앞으로 늘 이 친구와 같이 행동하겠습니다."

그 말에 효상이 눈을 흘기며 말했다.

"이봐, 만약 저 음모론자 녀석이 살인범이라면 어떡해?"

용제가 벌떡 일어섰다.

"아니, 이 틀딱 아저씨가. 제가 사람을 죽였다고요?"

"뭐? 틀딱?"

효상 또한 자리에서 일어나 용제와 뜨거운 눈빛을 주고받았다. 둘이 치고받고 싸우든 말든 상관없지만 그 사이에 내가 서 있으려니 여간 불편한 게 아니다. 그렇다고 뒤로 슬그머니 물러서서 빠지자니 껄끄럽다. 어쩔 수 없이 나는 격투기 선수 두 명 사이에 선 심판처럼 양팔을 뻗어 둘을 제지했다.

강식이 차분한 목소리로 말했다.

"물론 이 친구가 살인범일 수도 있습니다. 그리고 만약 살인을 더 저지를 생각이라면, 저를 죽일 기회는 얼마든지 있었을 겁니다."

"전 살인자가 아니라고요! 내가 종호 형님을 왜 죽여요?"

문득 가설 하나가 생각났다. 종호는 분명 어제 중대 발표에서 '지구 온난화는 이제 돌이킬 수 없다'는 연구 결과를 발표하려 했다. 기후 위기가 조작이라고 주장하는 음모론자인 용제에게는 어찌 보면 가장 거슬리는 존재인 것이다. 그래서 죽였다면……? 물론 이 생각을 모두의 앞에서 공표할 생각은 없다. 설득력이 없는 건 논외로 치고 설령 말이 되더라도 아직 많은 의문이 풀리지 않은 상황에서 입 밖으로 꺼내는 건 시기상조다. 게다가 만약 용제가 그런 이유로 종호를 살해했다면, 종호의 딸인 가온은 왜 죽였냐 하는 의문이 남는다.

생각해 보면 가온과 용제는 공통점이 있다. 기후 조작, 구체적으로 태풍 '이끼'가 조작되었다는 의견을 함께한다. 어찌 보면 같은 편이 아닌가. 물론 그 차이는 어마어마하게 클 것이다. 가온의 경우에는 수학과 과학이라는 엄밀한 논리로 쌓아 올린 주장……이긴 하겠지만, '짐작 가는 게 있다'고 한 말이 마음에 걸렸다. 용제야 아무 논리가 없을 것이다. 물론 나름대로 '짐작 가는 것'이 있을 순 있다. 혹시 그게 가온의 것과 일치한다면 주목할 만하겠지만 말이다.

효상이 코웃음을 쳤다.

"흥, 뭘 모르는군. 당신의 말은 살인자가 무차별 살인을 저질렀을 경우에나 해당하는 말이야. 생각해 봐. 종호와 그의 딸이 살해당했어. 명확히 종호를 노린 범죄가 아니겠어? 만약 둘을 죽임으로써 목적을 달성했다면 더 살인을 저지를 이유는 굳이 없지."

"내가 형님을 왜 죽이냐고요!"

"그 이유를 내가 대신 말해 줄까? 너는 기후 위기가 조작되었다고 하는 음모론자야. 반면 종호는 지구 환경 연구가지. 너에게 종호는 있어선 안 될 존재 아닐까?"

이런. 나 말고도 그런 생각을 하는 사람이 있었다. 물론 어려운 논리는 아니다.

"어때, 탐정?"

문득 종호가 내게 했던 말을 전해야겠다는 생각이 들었다.

"일단 말씀드릴 게 있습니다. 종호 선생님이 전하려 했던 말인데, 아무래도 다 같이 있는 자리에서 알려 드리는 게 나을 것 같습니다. 뭐, 개인적으로 대단한 이야기라고는 생각하지 않지만요. 그리고 제가 그걸 전할 자격이 있는지도 모르겠네요. 일단다른 사람들도 부르죠."

다른 사람은 다른 사람에게 맡기고 나는 404호로 갔다. 아무래도 교수님을 혼자 두는 건 효상의 말대로 불안하다. 교수님은 깨어 있었고 다행히 상태는 좋아 보였다. 나는 혼자 있으면 위험하다는 의견을 교수님에게 전했다.

"하긴, 배도 고프고 기분 전환도 해야 할 것 같아."

"교수님, 실례가 안 된다면 앞으로 당분간은 제가 교수님과 늘 동행해도 되겠습니까? 그러니까, 교수님도 저와 늘 동행하셔야 합니다. 다른 이유가 아니라 안전상의 이유 때문에요."

교수님이 은은한 미소를 지었다.

"그래 줄게."

"무사히 육지로 돌아가기 전까지만 말입니다."

교수님과 함께 식당으로 돌아왔다. 식당에 있는 사람은 아까와 차이가 없다. 강식이 교수님을 향해 고개를 숙였다.

"교수님, 무사하시군요."

교수님은 가볍게 답을 하고는 바로 옆의 4인용 테이블에 앉았다.

"다른 분들은요?"

내 말에 강식이 고개를 절레절레 저었다.

"석 교수와 제자는 안 오겠다고 했어요. 아직 제자가 충격에서 벗어나지 못했다나요. 교수는 제자 곁을 지키고 있겠다고 했어요. 그리고 이승희 씨는 그냥 나오지 않겠다고 하더군요. 남자친구의 죽음을 목격한 후 어느 정도 진정은 된 것 같지만 아무리 설득해도 혼자가 더 안전하다고 생각하던데요. 식사는 방 안에서 하면 된다고 하고요."

"좋을 대로 하라고 하지."

효상의 말에 상욱이 성경책을 테이블에 내려놓고는 양팔의 소매를 걷었다.

"그럼 실력 발휘를 해 볼까요. 아까 보니 품질 좋은 한우가 있던데, 스테이크에 가니시를 곁들이면 되겠죠?"

"아침부터 스테이크는 너무 속이 부대끼지 않나?"

상욱이 효상을 향해 눈을 부라렸다.

"협조 좀 하시죠. 메뉴가 통일되어야 손이 덜 갑니다. 아니면 혼자서 라면이라도 끓여 드시든지. 다른 분들은 괜찮죠?"

강식이 말했다.

"두 명이 살해당한 마당에, 스테이크든 라면이든 맛있게 먹을 수는 없을 것 같은데요."

"맞는 말이야."

효상이 동조했다.

"그래도 먹는다면 스테이크죠."

용제의 말에 상욱이 고개를 끄덕였다.

"좋습니다. 스테이크 전용 온도계까지 있으니 정확히 미디엄 레어로 드리죠. 괜찮다면 다른 분들도 전부 똑같이 드리겠습니다."

상욱은 잠시 주방으로 갔다가 빵을 담은 접시를 들고 금방 되돌아왔다.

"식전 빵입니다. 이미 만들어져 있더군요. 따뜻하게 데웠습니다. 술도 있는데, 와인이 종류별로 다양하게 준비돼 있네요. 샤또 라피트 로칠드랑 도멘 드 라 로마네 꽁띠나도 있고 화이트와인과 샴페인도 있습니다. 제가 손이 바빠서 와인은 와인 셀러에서 알아서 꺼내 가시기 바랍니다."

나는 교수님과 둘이서 4인용 테이블에 마주 보고 앉았다. 교수님은 식전 빵을 뜯어 한 조각 입에 넣었다.

"맛있네."

입맛이 엄청 돌진 않았지만 교수님이 맛있다니 나도 하나를 집어 들었다. 둥근 모양의 빵인데 검은색의 무언가가 점처럼 박혀 있다. 버터 냄새가 강하게 난다. 한입 베어 무니 입 안에서 풍미가 번졌다.

"맛있네요. 여기 검은색의 무언가는 뭐죠?"

뒤에서 강식의 목소리가 들려왔다.

"트러플이에요."

"당신이 어떻게 알아?"

"그야 먹어 보면 알죠."

용제는 식전 빵을 만두를 먹듯 게걸스럽게 입에 넣었다. 사람들은 잠시 말없이 각자의 시간을 보냈다. 강식과 효상은 와인 셀러로 가 와인을 고르기 시작했다. 용제는 주방 쪽을 기웃거렸다.

식전 빵이 더 있는지 찾아보는 건지도 모르겠다. 교수님은 휴대전화를 확인하고는 한숨을 내쉬었다.

"휴대전화는 여전히 안 터지네."

30분 정도가 지나자 상욱이 스테이크를 서빙하기 시작했다. 식당이 황홀할 만큼 맛있는 냄새로 가득 찼다.

"최대한 정성 들여 조리를 해 봤는데 어떨지 모르겠군요."

강식이 칼로 스테이크의 겉면을 긁었다. 드르륵 하는 소리가 들렸다.

"제법 괜찮네."

그새 용제가 스테이크 한 조각을 입에 넣더니 탄성을 질렀다.

"와, 맛있는데요."

상욱은 성경책을 집어 들고 멋쩍은 듯 웃었다.

"감사합니다."

한동안 식당에는 말소리 없이 칼과 접시가 부딪치는 소리만 들렸다. 교수님도 스테이크에 나름 만족하는 듯해 다행이었다. 모두가 만족할 만한 식사지만 아무도 말을 꺼내지 않았다. 식당 안엔 무거운 침묵만이 흐르고 있었다. 두 명이나 살해당한 시점에서 어쩌면 자연스러운 것일지도 모르겠다. 원래대로라면 종호를 포함한 다른 사람들도 함께했을 것이다. 더 많은 이야기와 즐길 거리가 있을 터였다. 이 스테이크도 충분히 맛있지만 종호가 직접 요리한 음식은 더욱 맛있을지도 모른다. 가온에게도 물어

보고 싶은 게 많았다. 이끼가 조작되었다는 이야기 말고도 여러 가지를 묻고 싶었다. 천재로서의 삶은 어떠한지가 궁금했다.

"형님도 있었으면 좋았을 텐데."

용제의 말에 분위기가 삽시간에 가라앉았다. 모두가 음식을 남긴 채 칼과 포크를 테이블 위에 내려 두었다. 다들 같은 생각을 하는 듯했다.

"말이 나온 김에 종호 선생님이 전하려 했던 말씀을 드리겠습니다."

나는 자리에서 일어나 최대한 무덤덤한 말투로 종호가 했던 말을 거의 그대로 전해 주었다. 기후 변화가 이제 돌이킬 수 없다는 사실이 아무렇지 않았기 때문은 아니다. 비록 근거를 듣진 못했지만 그건 종호가 연구해서 얻어 낸 값진 결과일 터였다. 나 또한 연구자로서 본인의 연구를 본인이 발표하지 못한다면 얼마나 억울할까 하는 생각이 들었다. 그리고 종호가 어떠한 이유로 이런 발표를 하려 했는지도 모른다.

말을 마치자 효상이 허탈한 웃음을 흘렸다.

"고작 그런 걸 말하려고 우리를 여기까지 불렀다니."

강식이 반박에 나섰다.

"그런 거라고 치부하기엔 매우 중요한 문제인데요. 게다가 다른 중대 발표도 있었다고 하잖아요."

"내 말은 그런 게 아니야. 그런 걸 말하려 했던 거라면 그냥 메

일을 보내도 됐잖아. 괜히 사람들을 불러서 살해당한 거잖아."

그때 강식이 손을 들었다.

"잠깐만요. 만약 종호가 초대한 사람 중에 살인자가 있다고 해 봐요. 그런데 여기에 초대받은 사람들 중에 수상탑을 처음 방문한 분이 몇 명 있다고 들었습니다. 그럼 그분들은 범인이라고 보기는 조금 힘들지 않을까요. 다들 식사도 마쳤겠다, 본론을 한번 얘기해 보죠. 종호의 죽음에는 이해하지 못할 요소가 꽤 있었잖아요. 핵심은 학생이 말한 대로 범인이 어떻게 5층에서 빠져나온 뒤 문을 잠갔냐 하는 점입니다. 우리는 아직 그 방법을 몰라요. 하지만 범인은 그 방법을 알았습니다. 방법을 알았으니 행동에 옮긴 거죠. 그렇다면 의문이 생깁니다. 범인은 이곳 수상탑에 처음 방문했어요. 그런데 그 방법을 어떻게 알아낸 걸까요? 저희가 방법을 아직 못 알아낸 걸로 보아 그 방법은 분명 까다로울 겁니다. 그런데도 범인은 비교적 단시간에 방법을 알아냈다고 봐야 해요."

"그러니까, 범인은 예전에 이곳에 온 적이 있고, 그래서 그 방법을 미리 알고 있었다는 건가?"

효상이 불만 가득한 얼굴로 말하자 강식이 고개를 끄덕이고는 말을 이었다.

"솔직히 저는 두 달 전에 이곳에 온 적이 있습니다. 그때는 아직 플랫폼에 산책로나 연못이 만들어지지 않은 상태였어요. 타워 하나만 덜렁 있었고 내부 디자인도 지금처럼 아름답지 않았습니다. 하지만 쨌든 와 본 적이 있는 건 맞으니 자유로울 순 없겠죠. 그런데 실례지만 효상 씨도 여기 와 본 적이 있으시겠죠?"

효상이 혀를 찼다.

"당연한 거 아닌가. 내가 수상탑의 설계에 참여했는데 말이야."

"그럼 효상 씨도 자유로울 수 없겠네요. 그리고, 실례지만 그 방법을 가장 잘 알 수 있는 사람이기도 하고요."

효상이 썩소를 날렸다.

"어떻게 말이지?"

"예를 들면 비밀 통로 같은 것 말입니다. 5층에 비밀 통로가 있고, 그 통로를 이용해 범인은 천장 위로 이동했거나 바닥 아래, 그러니까 4층으로 옮겨 갔을 수 있죠. 진작에 비밀 통로를 조사했어야 했는데 말이에요."

용제와 상욱, 심지어 교수님까지 효상을 보는 눈빛을 달리하는 듯했다. 효상은 고개를 절레절레 저으며 의자에 등을 기댔다.

"이거, 곤란하네. 이러다가 좁은 방에서 취조라도 받겠는걸."

"그런 걱정은 안 해도 되지 않을까요? 이곳에 좁은 방은 없을 것 같은데요."

"맛있게 먹은 스테이크가 역류하는 것 같네. 토하게 통 좀 갖다줘. 하지만 취조실에 끌려가기 전에 한마디만 해야겠어. 5층에는 비밀 통로 같은 건 없다고. 이건 단지 내가 혐의에서 벗어

나기 위해서 하는 말이 아니야. 설계에 참여한 사람으로서 최소한의 자존심이야. 나는 이 건물을 알고 있다고."

강식이 고개를 끄덕였다.

"알겠습니다. 조사하는 데 참고할게요."

"쳇. 술이나 마셔야겠어. 소주 없나? 기분이 쓰레기 같아 쓰레기 같은 술을 마시고 싶은데."

상욱이 말했다.

"코냑과 보드카가 있어요. 둘 다 도수는 40도쯤일 거예요."

나는 효상에게 물었다.

"선생님, 방금 5층에는 비밀 통로가 없다고 하셨잖아요. 그럼 다른 곳에는 비밀 통로가 있을 수 있나요?"

효상이 잠시 흠칫하는 듯했다.

"전에도 말했지만, 이곳 전체의 설계에 참여한 게 아니라 나도 모르는 부분이 있다는 거지. 구체적으로 플랫폼 아래쪽의 설계, 부력과 관련한 쪽은 나는 관여하지 않았어."

"왜 관여하지 않으셨죠?"

"종호가 그러자고 했으니까."

"종호 선생님께서 본인이 설계하겠다고 하셨나요?"

"그렇긴 한데, 정확히는 나보고 플랫폼 쪽은 참여하지 않아도 된다 했어. 그런데 생각해 보면, 참여하지 말라는 뉘앙스였던 것 같긴 하네. 자존심은 좀 상했지만 그냥 넘어간 기억이 있지."

"종호 선생님이 설계 쪽으로도 전문가인가요?"

"글쎄. 내가 아는 한은 아니야. 다만 공부를 좀 했다고 들었고, 어느 정도 알기는 하더라고."

강식이 말했다.

"보아하니 평화로운 식사 분위기는 진작에 끝난 것 같군요. 학생, 이제 뭘 하면 될까요?"

"타워 전체가 정전되기 전까지 로비의 CCTV를 확인해야 합니다. 가온이가 언제 밖으로 나갔는지를 알아야 범행 시각을 특정할 수 있으니까요."

강식이 멀찍이 떨어져 서 있던 남직원을 불렀다.

"CCTV는 어디에 있죠?"

"보안관리실에 있습니다."

"그럼 학생과 제가 갔다 오는 건 어떨까요. 다른 분들은 식당에서 식후땡이나 하시죠. 아, 상욱 씨와 용제 씨, 두 분."

강식의 말에 두 사람이 고개를 들었다. 강식은 효상을 가리켰다.

"이 사람을 잘 감시해 주시죠."

효상이 인상을 찌푸렸다.

"이봐, 너무한데. 우리 같은 조사단 아니었나? 우선 조사단끼리는 의심을 하지 않기로 하지 않았나?"

"아, 그랬죠. 그럼 앞으로 당신을 조사단에서 빼겠습니다."

욕지거리를 내뱉는 효상을 뒤로하고 우리는 식당을 빠져나와 보안관리실로 향했다. 남직원을 뒤따라가던 중 강식이 물었다.

"혹시 정확한 정전 시각을 아세요?"

직원은 약간 떨리는 목소리로 답했다.

"7시 50분 정도입니다."

"정전의 원인이 밝혀졌나요?"

강식의 질문에 직원의 목소리가 더 크게 떨리는 듯했다.

"그게, 메인 전력 공급 장치 중 일부가 갑자기 일시 정지되었습니다."

"일시 정지요?"

남직원이 어깨를 움츠렸다.

"그렇습니다."

"왜 일시 정지가 됐죠?"

"그건 모르겠습니다만, 사전에 명령이 입력된 것으로 보고 있습니다. 해제를 하려고 했지만 막혀 있었습니다."

"정전이 꽤 오래 지속된 것 같은데요."

내 질문에 직원이 고개를 끄덕였다.

"원래대로라면 비상 발전기가 즉시 가동되어야 하는데요. 그 또한 일시 정지가 되어 있었습니다."

보안관리실에 도착한 우리는 곧장 어느 모니터 앞으로 가 섰다. 직원이 기기를 조작하며 물었다.

"현관 쪽 로비 CCTV 말씀이신가요? 어느 시간대를 확인하면 될까요?"

"가온이가 배를 타고 이곳에 도착했을 때부터 정전되기 전까지 계속 확인해 주세요. 가온이가 밖으로 나간 시각을 알아야 해서요."

직원이 키보드를 두드리자 모니터에 화면이 띄워졌다. 가온이 현관에서 로비로 모습을 드러내고 곧바로 계단을 올라간 후 나와 교수님 그리고 강식이 처음 로비로 들어섰을 때였다. 시각은 5시 40분이다.

"2배속을 하겠습니다."

모니터에서 몇 명의 사람들이 재빠르게 화면 안으로 나타났다 밖으로 사라지기를 반복했다. 모니터의 오른쪽 위에 표시된 시각이 빠른 속도로 변화하고 있다. 7시 50분이라면 앞으로 두 시간 10분 치 영상을 더 봐야 한다. 2배속이라면 한 시간 5분이다.

"4배속으로 해 주세요."

4배속이라면 영상을 전부 확인하는 데 대략 32분 정도가 걸린다. 화면 속 사람들의 움직임이 지나치게 빨라진 것 같긴 하다. 그래도 5분 정도를 보니 나오는 사람들만 반복해서 등장하는 덕분에 가온의 모습은 쉽게 판별할 수 있을 듯했다.

6시 20분…… 40분…… 7시…… 7시 10분…… 7시 20분……. 모니터 속 시각을 나타내는 숫자는 계속해서 올라갔다.

"이제 슬슬 나타날 때군요."

강식의 말에 나는 모니터를 바라보는 눈에 힘을 주었다. 눈도 최대한 깜빡이지 않으려 했다.

그런데 그 순간, 화면이 검게 변했다.

"시간이 다 됐습니다."

직원이 우리 둘의 눈치를 보며 말했다. 나와 강식은 말없이 서로를 쳐다봤다.

"학생, 봤어요?"

"못 봤습니다."

분명 우리가 확인한 영상에선 첫 장면 이후 가온은 모습을 드러내지 않았다.

"어떻게 된 거지?"

강식이 혼잣말을 했다.

"다시 한번 재생해 볼까요?"

나는 기억을 더듬었다, 분명 가온의 방은 2층이었다.

"혹시 2층 라운지와 나선 계단을 비추는 CCTV도 있나요?"

"있습니다."

"같은 시간대로 틀어 주세요."

2층의 라운지를 비추는 화면이 모니터에 나왔다. 가온이 1층에서 올라와 복도를 걸어 화면에서 사라지는 모습이 보였다. 이후 배속이 시작되며 몇몇 사람들이 화면에 등장했다가 재빨리 사라졌다. 모니터를 바라보는 강식의 얼굴에서 초조한 기색이 느껴졌다. 나 또한 다를 바가 없다. 다만 큰 기대는 하지 않았다. 애초에 가온이 1층의 현관을 빠져나가지 않은 시점에서 사태가 나아질 가능성은 없었다. 그렇게 또다시 30여 분이 지나 모니터 속 화면이 검게 변했다. 예상대로 가온은 모습을 드러내지 않았다. 강식이 나를 바라보았다.

"……이게 어떻게 된 일일까요?"

나는 직원에게 말했다.

"객실 내부를 찍는 CCTV는 당연히 없겠죠?"

"네, 없습니다."

"혹시 아까 영상이랑 이 영상 모두 USB에 저장해서 주실 수 있을까요?"

"알겠습니다."

직원은 1분도 지나지 않아 USB 하나를 내게 건넸다. 우리는 복도를 지나 로비를 거쳐 식당으로 되돌아왔다. 어느새 시각은 낮 12시 30분을 넘겼다. 화면을 노려보느라 눈과 목이 아파 왔다.

식당에는 석승준 교수와 그의 제자인 규리도 있었다. 둘은 따로 떨어져 있는 2인용 테이블에서 아까 우리가 먹은 것과 같아 보이는 스테이크로 뒤늦은 식사를 하고 있었다. 규리는 다행히 진정된 듯했다.

효상은 여전히 못마땅한 표정으로 컵에 담긴 투명한 액체를 들이켜고 있었다. 바로 옆에 보드카 병이 있는 걸로 보아 술인 듯하다. 용제는 휴대전화를 가로로 들고 화면을 연타하고 있었다. 데이터가 필요 없는 게임을 하는 모양이었다. 조리대에서 청소를 하던 상욱이 우리를 보고 손을 들며 다가왔다.

"시간이 꽤나 걸리셨군요. 그래서 수확은?"

강식이 나를 쳐다보았다.

"학생이 말해요."

"그럼 제가 여러분들께 말하겠습니다. 정전이 일어난 시각은 7시 51분이었습니다. 그리고 가온이 배를 타고 이곳에 도착한 시각은 5시 40분이고요. 가온이가 계단을 올라 1층 로비에서 사라졌을 때부터 정전이 될 때까지 로비를 찍은 CCTV를 확인해 봤습니다. 그 결과, 가온이는 1층의 현관을 통과한 적이 없었습니다. 로비로 내려온 적조차 없었어요."

사람들이 숨을 삼키는 소리가 들렸다. 상욱이 입을 열었다.

"그게 어떻게 된 거죠? 그렇다면 가온이는 어떻게 밖으로 나간 건가요?"

제7장 폭로

강식이 나섰다.

"그걸 이제 알아봐야 합니다."

"제대로 확인한 거 맞아요, 놓쳤다거나?"

승준의 물음에 강식이 고개를 저었다.

"똑똑히 확인했어요."

"효상 선생님, 여쭤볼 게 있습니다."

효상이 잔뜩 눈살을 찌푸렸다.

"흥, 이제 본격적인 취조 시작인가? 혹시 내가 그 여학생을 몰래 납치 감금해서 밖으로 빼돌렸다고 말할 셈이야?"

"그렇게 말할 생각은 없었습니다만 추후에 검토해 보겠습니다. 혹시 가온이 머문 201호에서 빠져나가는 경로가 2층 라운지를 통한 나선 계단 말고도 또 있나요?"

"아, 비상용 사다리를 통해 위층으로 가면 되겠네."

"비상용 사다리가 있나요?"

"1층과 2층, 그리고 3층에 있어. 2층과 3층 같은 경우에는 각 방의 욕실 천장에 있지. 201호라면 위층의 304호로 연결되겠네. 다만 아래층에서만 열 수 있기 때문에 위층에서 아래층으로 내려가지는 못해."

위층으로 가는 통로라면 별로 중요하지 않을 확률이 높다. 밖으로 빠져나가기에는 난이도가 더욱 상승할 테니까 말이다.

"아래쪽을 통해 타워 밖으로 나가는 경로는요?"

"발코니에서 뛰어내리는 방법 말고는 없어. 2층이니까 목숨엔 지장 없을 거 아니야. 아, 201호 바로 아래에 피트니스 센터가 있잖아. 야외 공간에 트램펄린이 있는 걸로 아는데, 그 위로 뛰어내리면 되지 않을까."

조사해 볼 만한 가치는 있어 보인다.

"잠깐, 학생 지금 뭔가 잘못 짚고 있는 거 같은데."

승준의 말에 나는 그쪽을 돌아보았다.

"그 여자애보다 종호 쪽 사건이 더 중요한 거 아닌가? 내가 범인이라면 이곳의 주인부터 죽일 것 같거든. 그럼 앞으로의 범행이 더 편해지겠지. 그다음에 여자애를 죽이고. 그러니 우리는 종호 쪽 사건에 더 주목해야 해. 게다가 종호 쪽이 더 이해가 안 되는 사건이니까, 그쪽을 먼저 파고들어야 좋을 거 같은데."

"틀린 말씀은 아닙니다만, 종호 선생님 쪽은 이미 난항을 겪고 있는 상황이라서요. 그리고 순서가 중요한 문제는 아닌 것 같습니다."

효상이 말을 거들었다.

"탁상공론이다, 이 말이야."

"알겠습니다. 마음대로 하시죠."

승준은 다행히 순순히 물러섰다. 나는 말을 이었다.

"그럼 피트니스 센터 야외 공간을 조사해 볼까 하는데, 다들 어떻게 생각하시나요?"

강식이 말했다.

"그렇게 하죠. 다만 나는 이번에는 빠지고 싶네요. 아까 모니터를 너무 집중해서 봤더니 목이 아파서. 대신 가실 분?"

"내가 가지."

효상이 손을 들자 강식이 훗 하고 웃었다.

"효상 씨는 용의자라서 좀 그렇죠."

"좋아. 그럼 나는 용의자니까 앞으로 묵비권을 행사하겠어. 저 탐정이 내게 어떤 걸 묻더라도 아무것도 대답 안 할 거야."

이런. 그래서는 좀 곤란하다.

"그럼 이번에는 효상 선생님이 동행하시면 좋겠습니다. 아무래도 건물 구조를 잘 아시니 도움이 될 것 같아서요."

"탐정이 부탁하니 특별히 동행하지."

"저도 갈래요."

갑자기 규리가 손을 들며 일어섰다.

"규리 씨, 무리하지 않아도 돼요."

내 말에 규리는 억지로 짓는 것 같은 웃음을 보였다.

"오빠, 저 괜찮아요. 그 아이의 원한을 풀 수 있다면 무슨 일이든 할래요. 이렇게 가만히 있을 수만은 없어요. 게다가 바람을 좀 쐬고 싶기도 하고요. "

"규현아, 고생해."

교수님의 배웅을 받으며 우리 셋은 식당을 빠져나왔다. 로비를 지나 복도를 조금 걸어 피트니스 센터에 도착했다. 사람은 아무도 없다.

"학생, 나를 범인이라고 생각해?"

효상이 내 뒤를 따라오며 물었다.

"아뇨."

"역시 학생은 보는 눈이 있구만."

"오빠, 그럼 범인은 누구라고 생각해요?"

"아직 생각해 본 사람이 없어요."

규리가 내 옆으로 다가왔다. 머릿속이 순간 하얘졌다. 나 자신이 한심해졌다. 효상이 환호성을 질렀다.

"이렇게 보니 둘이 잘 어울리는데?"

규리는 아무 말 없이 고개를 푹 숙였다. 가온의 죽음으로 인한 슬픔 때문에 반응할 겨를이 없는 건지, 아니면 부끄러워 고개를 숙이는 건지 확인을 하고 싶었지만 쉽지 않았다.

우리는 피트니스 센터에 도착했다. 문은 열려 있고 아무도 없었다. 매트가 깔린 실내를 가로지르자 야외 공간이 나타났다. 여기도 플랫폼의 다른 공간처럼 엉망이 되어 있었다. 철봉과 평행봉은 쓰러져 있고 요가 매트는 여기저기에 널브러져 있었다. 덤벨과 바벨 또한 쓰러진 볼링핀처럼 바닥 여기저기에 놓여 있었다. 레그프레스 같은 웨이트 트레이닝 기구와 벤치, 급수대도 있다. 한쪽 구석에는 폼롤러 같은 스트레칭 보조 도구들이 어지럽게 쌓여 있었다. 마찬가지로 비바람 때문에 엉망이 된 듯했다.

야외 공간은 대략 3m 높이로 상부는 반투명 유리에 하부는 불투명 유리로 된 벽으로 둘러싸여 있었다. 가장 바깥쪽에 작은 철제문이 하나 있었는데 출입문이라기보단 비상구에 가까워 보였다. 우리는 주목해야 할 대상인 트램펄린 앞에 섰다.

"꽤 크네요."

규리가 중얼거렸다. 트램펄린은 바닥에 파묻혀 있는 구조다. 주변에는 진한 녹색의 그물막이 쳐져 있다. 천장은 뻥 뚫려 있다. 위를 올려다보니 201호의 발코니가 보였다. 발코니의 바로 아랫부분과 트램펄린은 생각보다 훨씬 가까웠다. 물론 운동신경이 있는 사람에 한해서겠지만 뛰어내릴 때 발만 잘 딛는다면 착지는 충분히 할 수 있어 보였다.

그때 발코니에서 누군가가 나타났다. 강식이었다. 강식이 우리를 내려다보며 말했다.

"뛰어내릴 만하네."

"거기는 어떻게 들어가셨어요?"

"마스터키를 빌렸지."

"왜 들어가신 거예요?"

"그야 여기서 트램펄린으로 뛰어내릴 수 있는지 확인할 사람이 필요하잖아."

"하지만 마음대로 그 방에 들어갔다가 현장을 훼손할 수도 있습니다."

강식은 어깨를 으쓱했다.

"아, 탐정님의 허락을 맡지 않은 건 미안해요. 하지만 현장이라뇨?"

"그곳에서 살해당한 후 옮겨졌을 수도 있잖아요. 시신은 던지는 식으로 옮길 수도 있으니까요."

그때 규리의 얼굴이 어두워졌다. 자신도 모르게 상상을 해 버린 듯했다. 나는 황급히 화제를 바꿨다.

"뛰어내려 보세요."

"뭐라고요?"

"뛰어내릴 수 있는지 확인을 해 본다고 하셨잖아요."

"눈으로만 확인하면 안 되나요?"

"그럼 그러시죠."

그때 규리가 소리쳤다.

"뛰어내려 봐요!"

"아가씨, 남의 일이라고 너무 쉽게 말하는 거 아니에요? 그러다 잘못 떨어지면 책임질 거예요?"

"사건 해결을 위해 그 정도는 희생해 줘야죠."

"그 정도라는 게 내 다리예요? 아, 잠깐. 그리고 보니 상욱 씨가 운동을 잘한다고 들었는데, 한번 불러와 볼까요?"

발코니에서 모습을 감춘 강식이 5분쯤 뒤에 상욱과 함께 다시 발코니에 모습을 드러냈다. 상욱이 아래쪽을 내려다보며 말했다.

"음, 뛰어내릴 수는 있겠어요. 다만 우리가 세운 가설에선 뛰어내리는 사람이 여고생이지 않나요?"

아차, 깜빡했다.

"그래도 한번 시험 삼아 뛰어내려 보죠. 여기 테이블을 발판 삼으면 편하겠네요."

상욱은 정말로 뛰어내릴 기세인 듯 발코니의 난간 위에 올라섰다. 그리고 점프했다. 상욱의 몸이 허공에 뜨더니 점점 내려왔다. 그제야 혹시 다치면 어쩌지 하는 불길한 생각이 들었다. 설령 트램펄린에 안전히 착지한다 하더라도 탄성으로 튕겨 나가면서 크게 다칠 수도 있겠다는 생각이 들었다. 내 예감대로 트램펄린 위에 착지한 상욱은 금방 튕겨 나갔다.

"꺄악!"

규리가 비명을 질렀다. 다행히 상욱의 몸은 녹색의 그물망에 부딪힌 후 안전하게 트램펄린 위에 멈춰 섰다. 그물망은 조금의 손상도 입지 않고 아무런 변화가 없어 보였다. 규리가 물개박수를 쳤다.

"잘하셨어요!"

상욱이 잠시 쑥스러워하다 뭔가 생각난 듯 말했다.

"그런데 말이죠, 가온이란 학생이 만약 저처럼 성공적으로 착지했다고 해 봐요. 굳이 그렇게까지 해야 할 이유가 있었을까요? 게다가 그땐 비가 엄청 많이 왔을 것 아닙니까?"

"마침 저도 그 생각을 하던 참이었습니다."

내 말에 상욱은 고개를 절레절레 저었다.

"진작에 말하셨어야죠."

"CCTV는 없나?"

효상의 말에 상욱이 주위를 올려다보았다.

"이렇게 봐선 모르겠는데 나중에 직원에게 물어보죠."

"그런데 상욱 선생님, 아까 테이블을 발판 삼았다고 하셨나요?"

"네. 마침 테이블이 발코니 난간에 딱 붙어 있더라고요."

"그럼 뛰어내렸다 치고, 이제 어떡하지?"

효상이 말했다.

"저기 비상문으로 보이는 문이 있습니다."

우리는 다 같이 비상문을 향해 걸었다. 이곳에도 작은 산책로 같은 보행로가 있었다. 보행로의 양쪽에는 식물이……. 규리가 짧은 비명을 질렀다.

"이게 뭐야?"

보행로 양쪽의 땅에 심긴 식물은 라벤더와 로즈마리, 그리고 유칼립투스였다. 모두 다 완벽히 죽어 있었다. 모든 꽃이 꽃과 줄기가 갈색으로 변한 채 쪼그라들어 있었다. 몇몇은 손을 살짝 갖다 대면 바스러질 것 같았다. 대략 3분의 1 정도는 아예 뿌리째 뽑혀 땅 위에 덩그러니 놓여 있었다. 비바람이 얼마나 강했는지 체감이 드는 부분이다.

"무서워요."

규리가 내 팔에 손을 살짝 갖다 대며 말했다. 자신도 모르게 한 행동이겠지만 또다시 머릿속이 하얘졌다.

우리는 금방 비상문 앞에 도착했다. 은색의 철제 비상문은 실린더를 돌려야 잠기는 지극히 평범한 문이었다. 문은 잠겨 있었다. 밖에서 출입하는 것을 막기 위해서라면 잠그는 게 이치에 맞긴 하지만 이래서는 곤란하다.

"여기로 나간다고 해도 밖에서 문을 잠그는 건 불가능하잖아."

효상이 정확히 문제점을 지적했다. 밖에서 안쪽 문의 손잡이에 달린 실린더를 돌려 잠그기란 쉽지 않아 보였다. 비상문의 열쇠를 갖고 있으면야 쉽게 가능하겠지만. 그리고 가온은 건물주의 딸이기 때문에 열쇠 정도는 어찌저찌 손에 넣을 수 있을지도 모른다. 하지만 도대체 무슨 이유로 문을 잠그는 걸까. 자신이 이곳으로 빠져나갔다는 사실을 감추기 위해서일까. 일부러 1층 로비의 현관으로 나가지 않았으니 그 사실을 감추려 했다는 가설에 설득력이 아예 없는 건 아니다.

"벽을 뛰어넘은 건 아닐까요?"

규리가 벽 위쪽을 가리키며 말했다. 규리가 핀잔을 듣는 건 싫었기에 서둘러 내가 나섰다.

"좋은 생각인데, 그건 아무래도 무리 아닐까요. 뭔가 발을 딛을 만한 것도 없고요. 게다가 머리만 좋지 그냥 평범한소녀이니까요."

"별로 좋은 생각은 아닌 거 같은데."

효상이 끼어들었지만 모른 척했다.

"일단 나가 보죠."

우리는 비상문을 열고 밖으로 나왔다. 비상문 너머는 빽빽한 나무 사이로 난 매우 좁은 길이었다. 아무래도 비상문이기도 하고 사람의 접근이 마냥 쉽지만은 않아야 하기에 당연할지도 모른다. 이곳의 나무 또한 나뭇가지가 온통 부러져 사람이 지나가는 것조차 쉽지 않았다. 마치 아마존 오지를 탐험하는 듯했다.

힘겹게 나뭇가지를 걷어내니 메인 보행로가 모습을 드러냈다. 나는 규리에게 물었다.

"지금부터 가온이 발견된 곳까지 갈 건데, 괜찮겠어요?"

규리는 잠시 망설였지만 이내 입술을 다물며 고개를 끄덕였다.

"괜찮아요. 나도 도움이 되고 싶어요."

현재 우리의 위치는 대략 타워의 남서쪽이다. 가온이 발견된 벤치는 북동쪽의 바다와 접하는 산책로의 벤치다. 정확히는 타워를 중심으로 했을 때 1시 방향 정도다. 메인 보행로를 이리저리 가로질러 플랫폼 가장자리의 산책로에 도달했다. 산책로는 플랫폼의 가장자리를 따라 원을 그리고 있다. 곳곳에 벤치와 함께 여러 가지 꽃들이 자라 있었다. 꽃과 풀들은 대부분 생기를 잃고 갈색으로 말라비틀어져 있다.

"배수가 잘 안 되는 건가?"

효상이 딱하다는 듯이 말했다.

우리는 플랫폼의 남서쪽에 있는 산책로에서부터 시계 방향으로 움직이기 시작했다. 멀리 보이는 바다는 잔잔하진 않지만 그렇다고 배를 못 탈 정도는 안 되어 보였다. 배가 없어서 문제다. 산책로의 난간 곳곳에는 구명 튜브가 벽걸이형 거치대에 걸려 있었다. 난간 옆에 서 있는 기둥에는 전화기가 붙어 있다. 사람이 바다에 빠졌을 때 전화로 알리는 용도인 듯했다. 시험 삼아 수화기를 들었지만 먹통이었다.

"규리 씨, 한 가지 여쭤봐도 될까요?"

"네, 물론이에요."

"어제 저녁 시간 전에 규리 씨가 저와 4층 라운지에서 대화를 나눈 뒤에 먼저 식당으로 내려가셨잖아요. 그런데 정전이 되고 난 뒤에 제가 내려가니 규리 씨가 안 계시더라고요."

"아, 그거요?"

"석승준 교수님 말씀으로는 본인이 내려오니 규리 씨가 다시 올라갔다고 하시더라고요. 뭐를 놔두고 오셨다고 했는데, 혹시 실례가 안 된다면 그게 무엇인지 여쭤봐도 될까요?"

"흥, 실례네요."

규리가 콧방귀를 뀌었다.

"죄송합니다."

"혹시 지금 저를 범인으로 의심하시는 건가요?"

"죄송합니다."

"괜찮아요. 좀 가까이 와 보실래요?"

규리는 그렇게 말하곤 내 귀에 자신의 입을 갖다 댔다. 나는 온몸의 털이 서는 듯했다.

"사실, 갑자기 배가 아파서요. 그거…… 있잖아요. 여자들. 아시죠?"

"……아아, 실례했습니다."

규리는 다시 나에게서 떨어지고는 나를 보며 픽 하고 웃었다.

"마침 교수님과 타이밍이 오묘하게 엇갈렸을 뿐이에요."

"정전이 되기 전에 올라가신 건가요?"

"네. 그런데 갑자기 정전이 돼서 계속 방에 있었죠. 무서워서요."

"그랬군요."

"이제 됐나요?"

"네, 됐습니다."

"제가 범인이라고 생각하세요?"

"아뇨."

규리가 또다시 웃었다. 기분이 조금 나아진 듯해 다행이다.

우리는 얼마 안 가 가온이 발견된 벤치에 도착했다. 그 벤치는 다른 벤치와 크게 다를 점이 없었다. 모르는 사람이 봤다면 아무 일도 일어나지 않았다고 생각할 법하다. 우리 넷은 벤치 앞에 나란히 섰다. 그때 규리가 품속에서 무언가를 꺼냈다. 이미 죽은 라벤더 꽃이었다. 규리가 꽃을 만지작거리며 말했다.

"가온이 발견된 장소에 꽃을 놔두고 싶었어요. 비록 꽃은 상했지만……."

규리는 벤치 위에 라벤더 꽃을 놔둔 후 고개를 숙였다. 나를 포함한 세 사람도 똑같이 따라 했다. 잠시 한차례 바람이 거세게 불었다. 묵념이 끝나고 우리는 고개를 들었다. 상욱이 벤치 옆에 놓인 스테인리스 스틸 케이스를 손으로 가리켰다.

"구명 조끼를 보관하는 케이스 같은데, 전면 유리가 깨져 있군요."

효상이 말했다.

"내 생각엔 범인이 망치든 뭐든 무언가로 유리를 깨트려 구명 조끼를 꺼낸 것 같아."

"그 이유가 뭐죠?"

상욱의 말에 효상은 구명 조끼를 입는 시늉을 취했다.

"기억 안 나? 가온이가 구명 조끼를 입고 있었잖아."

"아, 그랬죠. 근데 그럼 구명 조끼를 범인이 입혔단 말입니까?"

"그렇겠지."

"무슨 이유로요?"

"글쎄. 같이 물에 빠지려 했나. 동반 자살인가."

"동반 자살인데 구명 조끼를 입다뇨."

"그건 농담이지. 음, 아, 그래."

효상이 어딘가를 손으로 가리켰다. 조금 떨어진 곳에 작은 선착장이 보였다. 이곳에도 선착장이 있었다니. 어제는 밤인 데다 가온의 시신에 정신이 팔린 나머지 알아채지 못했다.

"범인은 배를 타려고 한 거야. 그래서 가온이에게 구명 조끼를 입으라고 한 거지. 그런데 가온인 싫다고 했어. 그래서 싸우다 홧김에 살해한 거야."

"그런데 일단 입긴 했잖아요?"

"입긴 했지만 배에는 타기 싫다, 이 말이야."

"근데 구명 조끼는 어찌 입었다 쳐요. 꼭 유리를 깨트리면서까지 가져가야 했나요? 케이스를 열어 달라고 요청하면 되지 않을까요?"

효상이 의미심장한 웃음을 지었다.

"왠지 알아? 그건 바로 범인이 가온이와 함께 비밀리에 배를 타고 여기를 빠져나가려 했기 때문이야. 그래서 케이스를 열어 달라고 정중히 부탁을 할 수 없었던 거지."

"그런데 배는 없잖아요."

"그건 범인이 혼자 배를 타고 이곳을 떠났으니까."

순간 안도한 듯 규리의 얼굴에 화색이 돌았다.

"그럼 이제 범인은 여기 없는 거예요?"

"그렇지. 이제 고민은 해결됐어. 사건이 해결된 건 아니지만."

"궁금한 건 또 있습니다."

상욱의 말에 효상이 어깨를 쫙 폈다.

"허허, 궁금한 게 많구만. 얼마든지 물어. 지금부터 탐정은 나야."

"지금까지 말하신 게 다 그렇다고 쳐요. 범인은 왜 가온이를 벤치에 얌전히 눕혀 놓은 거죠?"

효상이 말문이 막힌 듯 눈만 껌뻑거렸다.

"……그건, 미안해서지. 홧김에 살인을 저질렀기 때문에, 미안한 나머지 벤치에 눕힌 거야."

"홧김에 살인을 저질렀다면 흉기는 주변에 있을 법한 물건이 아닐까요? 그런데 가온인 가슴을 찔렸잖아요. 그런 흉기가 이 주변에 있나요? 없다면 범인은 흉기를 준비한 것일 텐데, 그렇다면 충동적인 범행이 아니잖아요."

"……."

"그리고, 범인은 누구죠? 누구길래 종호의 딸과 야반도주를 하려던 거죠? 야반도주를 위해 정전을 시킨 건가요?"

"잠깐, 잠깐 있어 봐. 생각 중이잖아."

효상이 미간을 찌푸리며 짜증을 내더니 나를 쏘아봤다.

"학생, 어떻게 생각해."

"무엇을 말입니까?"

"범인 말이야, 범인. 누구냐고."

"모르겠습니다. 다만 초대받은 사람들 중 이곳에서 모습을 감춘 분은 없는 걸로 기억하는데요. 만약 범인이 배를 타고 홀로 빠져나갔다면 범인은 우리가 모르는 누군가인 겁니다. 종호 선생님이 남몰래 초대한 손님이요."

"그게 누구야?"

"저야 모르죠."

상욱이 짧은 한숨을 내쉬었다.

"물론 지금까지 모든 이야기는 가온이 저처럼 발코니에서 트램펄린 위로 안전하게 착지했고, 어떤 방법을 써서 피트니스 센터 야외 공간의 비상문을 밖에서 잠갔다고 가정했을 때의 이야기입니다. 그런데 만약 그렇다 하더라도, 범인이 누구인지 어떻게 알아내죠?"

"그, 종호의 애인한테 물어보면 뭔가 알지도 몰라. 캐비닛 비밀번호도 아는데 그 정도는 알겠지."

나름 설득력 있는 생각이다. 나는 고개를 끄덕였다.

"우선 그렇게 해 보는 게 좋겠습니다. 사실 지금까지 나온 시나리오가 실제로 행해졌을 가능성이 그리 크다고 보진 않지만, 그와 별개로 이곳에 모인 사람들의 명단을 정확히 해야 할 필요는 있을 것 같습니다. 이곳에 어떻게 오게 되었는지도 다시 한번 확인해 보고요."

"그럼 일단 돌아가지."

우리는 산책로를 다시 시계 방향으로 돌다 마치 회전하며 중앙으로 수렴하는 나선 모양처럼 남쪽 현관을 통해 1층 로비로 돌아왔다.

어느새 시각은 오후 2시를 넘겼다. 피트니스 센터의 야외 공간을 비추는 CCTV는 없었다. 야외 공간에 대해서는 별도의 CCTV 설치 의무가 없다고 직원이 설명했다. 나야 설령 의무가 있는데 CCTV가 없더라도 별 상관은 없다. 경찰이나 탐정이라면 크게 상관이 있겠지만 말이다.

나와 강식은 승희가 있는 204호로 갔다. 효상은 앞으로 공식적으로 조사단에서 빠지기로 원만한 합의가 이루어졌다. 조사단이 공식적이지 않긴 하지만 말이다. 다만 제3의 범인설이 떠오른 시점에서 용의자 취급은 잠시 하지 않기로 했다. 그것이 효상이 제시한 협상 조건이었다. 하지만 가온이 발견된 장소에도 CCTV는 없었으니 제3의 범인설이 맞는지 아닌지 판단이 힘든 시점이었다. 그러므로 무죄 추정의 원칙에 의해 효상은 자신을 범인 취급하는 짓을 그만두어야 한다고 강력하게 주장했지만 그 부분에 대해선 아직 합의점에 이르지 않았다. 사실 나는 효상이 범인이라고 생각하지 않는다.

초인종을 누르자 스피커에서 목소리가 들렸다.

[왜요?]

강식이 나섰다.

"몇 가지 묻고 싶은 게 있어요."

[물어보세요.]

"밖으로 나와 보세요."

[싫어요. 이렇게 얘기하세요.]

"그럼 그렇게 하죠. 혹시 여기에 저희가 모르는 초대받은 사람이 있나요? 종호가 몰래 초대한 사람이요."

[없어요.]

내가 말했다.

"초대한 사람의 명단을 사전에 알고 있었나요?"

[……네.]

"선생님이 알려 주던가요?"

[네.]

"왜 알려 줬나요?"

[제가 물었죠. 혹시 또 다른 여자를 초대한 게 아닌가 해서요.]

"선생님의 바람기를 알고 계셨나요?"

[단순히 알고 있는 게 아니라 겪었어요. 오빠가 저를 놔두고 바람을 피웠었거든요. 근데 그 전부터 알고 있긴 했어요.]

"용케 용서를 했군요."

강식이 비아냥대는 듯한 말투로 말했다.

[아뇨, 용서를 하진 않았어요. 이젠 용서를 하든 말든 다 소용 없는 일이지만……. 두고 보기로 했었죠. 그래도 저에겐 잘해 줬으니까요.]

"그래서 이곳에서 방을 따로 쓰고 있는 건가요?"

[그건 그냥 저 혼자 큰 공간을 다 쓰고 싶어서 그런 거예요.]

"그 이후로 바람은 피우지 않았나요?"

[네.]

"그렇게 알고 있는 건 아니고요?"

[무슨 소리예요?]

"또다시 몰래 바람을 피우고 있진 않았을까 하는 이야깁니다."

강식의 말에 스피커 속 목소리가 카랑카랑하게 커졌다.

[그게 무슨 막말이에요? 오빠를 모욕하지 마세요. 사자 명예

훼손으로······.]

"모욕이 아니라, 혹시 종호의 바람 상대가 남몰래 이곳에 있었고, 살인을 저지른 뒤 도망치지는 않았을까 하는 생각에서······."

[더 이상 얘기는 안 하겠어요.]

나는 재빨리 강식의 앞을 가로막았다.

"저, 선생님. 방금의 실언은 사과드립니다."

내 말에 강식이 나를 뚫어져라 쳐다봤지만 나는 아랑곳하지 않고 말을 이었다.

"죄송합니다."

[······그쪽이 왜 사과를 하는 거예요?]

"제가 그런 식으로 물어보자고 제안했기 때문입니다. 현재 내부에서 임의로 만든 조사단의 대표라서요."

나는 굳이 할 필요 없는, 다소 위험 부담이 있는 비장의 한 수를 던졌다. 진심 어린 사과다. 당연히 난 그런 말을 제안한 적은 없지만 진심 어린 사과를 하기 위해선 그래야 했다. 스피커에서 잠시 침묵이 흘렀다.

[······멋대로 오빠의 사건을 조사하는 건가요? 무슨 자격으로?]

"가온이의 사건 또한 함께 조사 중입니다. 자격은······ 딱히 없습니다. 불편하시다면 종호 선생님 쪽 사건은 파헤치지 않겠습니다."

[······아니요, 됐어요.]

스피커에서 잠시 침묵이 흘렀다.

[저도 오빠를 죽인 범인을 붙잡아야 한다는 생각이 들었던 참이었어요.]

다행히 승희는 화를 많이 누그러트린 듯했다. 하지만 문밖으로 나올 생각은 없어 보였다.

"그렇다면 몇 가지 여쭤봐도 될까요?"

[그러세요.]

"먼저 어제 오후 7시 20분쯤, 제가 4층 라운지에 있었는데 위쪽에서 계단을 내려오는 선생님을 보았습니다. 그때는 종호 선생님과 시간을 보낸 후였나요?"

[네. 왜요?]

"종호 선생님께 별다른 특이한 점은 없었나요?"

[없었어요.]

"실례지만 두 분이서 무엇을 했는지 여쭤봐도 되나요?"

[……왜요?]

"종호 선생님이 돌아가시기 직전 무엇을 했는지 알아보기 위해서입니다."

[지금 저를 범인으로 의심하시는 건가요?]

"아뇨, 그건 아닙니다."

[잤어요. 됐나요?]

얼굴이 화끈 달아오르는 듯했다.

"아, 실례했습니다. 그리고 여기 온 분들은 다들 어떤 이유로 초대를 받았는지 궁금합니다. 물론 선생님께선 잘 모르실 수도 있지만요."

[대강은 알아요. 다른 여자를 데려오는지 확인하다 보니. 먼저 김서연 교수님은 엄청 오래전 애인이라고 했어요. 더 물어보니 연락한 지는 오래됐다고 하더군요. 그러면서 왜 초대했는지 모르겠어요.]

그 생각에 대해선 나도 동감이다.

[정강식이라는 사람은 뭐 예전에 연구 동료였대요. 최근까지도 연락을 주고받은 것 같은데 제일 친한 친구 같았어요. 여기에는 전부터 몇 번 왔어요. 사실 남자는 별 관심이 없어요. 유효상이라는 사람은 건축가로 여기 지을 때 설계 쪽으로 도움을 조금 받았다고 들었어요. 이 사람도 전부터 계속 여기 왔었어요. 김상욱이라는 사람은 이 건물을 지을 때 돈을 좀 대 줬다고 들었어요. 그래 봐야 우리 오빠가 낸 돈에 비하면 하찮지만요. 태용제라는 사람은 좀 이상한 사람이던데 예전부터 아는 동생이래요. 이 사람이 기후가 조작되었다는 얘기를 하는데 그것 땜에 부른 것 같아요. 뭔가 한마디 할 게 있는 것 같았어요. 석승준이라는 사람은 먼저 여기에 오고 싶어 했어요. 보니까 여기 오고 싶어 하는 사람이 엄청 많더라고요. 이유는 모르겠지만요. 이게 다죠?]

아쉽게도 내가 알고 있던 바와 다를 게 단 하나도 없었다.

"그리고 종호 선생님이 하신다던 중대 발표 말인데요, 기후 위기에 관한 발언 말고도 다른 게 더 있다고 하셨는데요. 저녁 식사 자리에서 말하겠다고 하셔서 지금은 못 듣게 됐는데, 혹시 알고 계신 게 있으신가요?"

[글쎄요. 다른 건 저도 잘 모르네요.]

"그렇다면 오늘 이곳에 오신 분들 중 종호 선생님께 원한을 가질 만한 사람은 혹시 없나요? 선생님의 자유로운 생각을 듣고 싶습니다."

내 말에 스피커에서 잠시 침묵이 이어졌다. 무언가 있는 게 틀림없어 보였다.

"사소한 거라도 괜찮습니다. 망상이라도 괜찮고요. 틀리면 어쩌지라는 걱정도 안 하셔도 됩니다. 비밀은 보장하겠습니다."

[……그게, 원한까지는 아니에요.]

"그래도 말씀해 주시죠."

잠시 고민하는 기색이 느껴졌다.

[먼저 정강식이라는 사람은 예전에 자신이 연구한 자료를 오빠가 마음대로 썼다고 화를 낸 적이 있어요.]

그 말에 강식이 크게 당황한 듯 손과 얼굴을 동시에 저었다.

"그건 엄청 오래전이잖아요. 그리고 그 후에 제가 허락을 했단 말입니다. 아무 문제 없이 넘어갔어요."

나는 강식을 가볍게 제지했다.

"강식 선생님, 일단 들어 보죠. 또요?"

[그 사람은 그게 끝이고요. 유효상이라는 사람도 오빠랑 다툰 적이 있는데, 그 사람은 이곳의 설계에 참여하기를 원했지만 오빠가 극구 반대했어요. 제가 듣기로는 설계의 핵심 아이디어를 그 사람이 제공했다고 하더라고요.]

오호라, 유용한 정보가 될 것 같은 느낌이다.

[김상욱이라는 사람은 오빠랑 딱히 싸우진 않았어요.]

"하지만 뭔가 있었나요?"

[그게…… 고자질하는 것 같아서. 오빠랑 딱히 상관없는 걸 수도 있고요.]

"괜찮습니다."

스피커에서 또 한동안 긴 침묵이 이어졌다.

[그 사람, 방글라데시에서 물 팔고 있거든요. 지하수에 비소가 있는데, 정수를 해서 비소를 제거한 뒤에 깨끗한 물을 판다고요.]

"네, 그건 들었습니다."

[사실, 아니에요.]

"아니라뇨?"

[그 사람, 순 사기꾼이에요. 말로는 비소를 제거했다지만 시늉만 하고, 그냥 지하수 그대로 팔아요. 그래 놓고 정화했다면서 비싸게 파는 거예요. 그 지역의 경찰은 매수하고요.]

나는 강식과 서로를 쳐다보며 잠시 동안 아무 말도 할 수 없었다. 상욱은 그런 짓을 하면서 성경의 말씀을 인용한 것이다.

"그 사실을 종호 선생님도 알고 계셨나요?"

[알고 있었어요.]

그렇다면 종호도 상욱과 공범 관계라고 할 수 있지 않을까. 그 사실을 알면서도 가만히 있는 것도 미필적 고의며, 가만히 있는 정도에서 그치지 않고 사업에 적극 가담했을 수도 있다. 이 견해는 말하지 않는 게 좋겠다고 생각하는데 강식이 말했다.

"혹시 종호가 상욱 씨랑 공범 관계는 아닌가요?"

이런, 저질러 버렸다. 곧바로 스피커 속 목소리가 높아졌다.

[아저씨, 그게 무슨 말이에요?]

"그 사실을 알고 있으면서도 가만히 눈감아 줬다는 거잖아요. 아니면 같이 가담했을 수도 있죠."

[막말하지 마세요!]

스피커가 쩌렁쩌렁 울렸다. 나는 이번에는 진심 어린 사과를 하지 않고 가만히 있기로 했다. 무엇보다 꼭 묻고 싶었고 답도 궁금했기 때문이다.

[오빠는…… 오빠는 그 사람을 말리고 싶어 했다고요.]

승희가 울먹이는 목소리로 말했다.

[오빠는 옆에서 그 모습을 지켜보며 괴로워했어요. 딸이 후원하는 아이가 자신의 친구가 사기 치는 물을 마시며 기뻐하는 모습을 보는 게 너무 힘들다고 했단 말이에요.]

내가 다시 나섰다.

"혹시 그럼 종호 선생님이 뭐라고 말한 적은 없으신가요?"

[그거까진 모르겠어요. 둘이서만 얘기를 했을 수도 있고요. 저, 죄송한데 좀 쉬고 싶어요. 그만 가 주시면 안 될까요.]

나는 순순히 물러가는 게 낫겠다는 판단을 내렸다.

"그럼 쉬고 계세요. 혹시 더 생각나는 게 있으면 말씀하시고요."

내 말에 승희는 아무런 대답을 하지 않았다.

제8장 파란색 요절

1층으로 내려갔다. 사람들은 식당에서 나와 로비의 소파에 앉아 있었다. 승희 빼고 모두가 모여 있다. 강식은 소파에 앉고 나는 선 채로 말하기 시작했다.

"우선, 이곳에 저희 말고 다른 사람은 없는 것으로 보입니다. 그러니 범인은 우리 중에 있을 확률이 높습니다. 그렇게 단언해도 되겠죠."

침묵 속에서 로비 안 공기가 팽팽해지는 게 온몸으로 느껴졌다.

"다음으로, 여기에 오신 분들에 대한 사연을 조금 들었습니다. 그런데 흥미로운 지점이 몇몇 있더군요."

나는 그렇게 말하며 강식을 쳐다봤다. 강식은 어깨를 움츠렸다. 먼저 말을 꺼낼 생각은 없어 보였다.

"먼저 강식 선생님, 선생님께서는 분명 예전에⋯⋯."

"좋아요. 내가 얘기를 하겠습니다. 예전에 제가 스코틀랜드의 빙하 계곡과 해안선의 상관관계를 연구한 적이 있습니다⋯⋯. 2년 정도요. 그런데 제 머리로는 어떤 명확한 결론이라든지, 뭔가를 이끌어 낼 수 없더군요. 그때 종호가 제가 수집한 자료를 보고 몇 가지 결론을 내더니, 자신이 논문으로 발표해도 되겠냐고 묻더군요. 저는 제 이름을 공저자에 넣어 달라고 했지만 종호는 거절했습니다. 그래서 제가 수집한 자료를 제공하는 걸 철회하려고 했죠. 그런데 그새 논문으로 발표해 버린 겁니다."

강식의 목소리가 다소 높아졌다.

"처음에는 화가 났지만, 이내 받아들이기로 했습니다. 무엇보다 그 결론은 종호가 냈고 제 머리로는 도달할 수 없는 것이었기에 제가 공저자로 이름을 올리는 것은 부적절하다는 생각이 뒤늦게 들었기 때문입니다. 그 이후로는 그 건에 대한 얘기는 없었어요. 그보다 이건 3년도 더 된 얘기입니다. 이제 와서 이런 걸로 살인을 저지를 리는 없어요."

효상이 다리를 꼬며 강식을 쳐다봤다.

"알 수 없지. 3년 동안 계속 원한을 쌓았는지도 모르잖아. 그렇게 원한을 쌓다가 결국 살의가 폭발한 거야."

"아닙니다."

"그럼 다른 분들도 말씀드리겠습니다. 다음은 효상 선생님입니다."

내 말에 효상이 화들짝 놀라며 자신을 손으로 가리켰다.

"나? 나는 아무것도 없어."

"우선 저희는 지금까지 효상 선생님이 이 건물을 설계했다는 점 때문에 선생님을 주요 용의자로 보았습니다만, 제3의 인물이 범인일 수 있다는 가설 때문에 잠시 철회를 했었습니다. 비록 그 가설은 이제 폐지됐지만, 다른 분들이 종호 선생님과 사연이 있었다는 사실이 밝혀졌기 때문에 효상 선생님을 다시 주요 용의자로 보진 않겠습니다."

"고맙네."

"다만 효상 선생님도 종호 선생님과 몇 가지 다툼이 있었던 걸로 들었습니다."

"나는 없어."

그때 강식이 소리를 질렀다.

"없긴 뭐가 없어요? 당신, 이 건물 설계에 참여하려고 했는데 종호가 극구 반대해서 못 했잖아요. 게다가 핵심 아이디어를 제공하셨다면서요?"

효상이 어깨를 으쓱했다.

"뭐, 사실이야."

"제공하셨다던 아이디어가 어떤 쪽인가요? 제가 건축 쪽은 전문가가 아니라 잘 모를 수도 있겠지만요."

내 물음에 효상은 담배에 불을 붙이더니 한 모금 깊게 빨아들이고는 말을 시작했다.

"부력 쪽이지. 육각형의 허니콤 셀에 공기를 채운 뒤 셀 수백 개를 붙여서 플랫폼 전체를 물 위에 띄우고 거기에 여러 기술을 적용해서 건물에 복원력과 안전성을 부여하는 기술인데, 각각의 셀에 들어 있는 공기의 양을 조절하거나 물을 채우는 등 부력을 변화시켜 쓰나미 같은 외부의 변화에도 안전성을 유지할 수 있어. 내가 고안한 기술이니 내가 설계를 하고 싶었지만 본인이 하겠다며 얼마나 고집을 부리던지. 처음엔 못마땅했지만 막대한 돈을 주길래 그냥 기술 팔았다는 셈 쳤지. 그 후에 구체적인 설계나 공사가 어떻게 진행되는지 구경을 하려고 했더니 절대 못 보게 하더라고. 그건 좀…… 불쾌했지."

"왜 그렇게 하셨을까요?"

"이유는 몰라. 당연하지만 내 아이디어를 조금 수정할 수도 있는 건데도 안 보여 주려고 하더라고. 내가 마치 방해꾼인 양 말이지."

강식이 조금 전에 효상이 한 말을 그대로 전했다.

"그렇게 원한을 쌓다가 결국 살의가 폭발한 거군요. 게다가 건물 설계까지 참여했으니 비밀 통로도 만들 수 있겠고요."

"멍청하긴. 나는 거액의 돈을 받고 기술을 팔았어. 당신은 무일푼이었겠지만. 그리고 플랫폼의 부력 조절 부분을 제외한 타워의 설계에는 나도 참여했어. 그때부터 내가 종호를 죽일 작정으로 비밀 통로를 넣었단 말이야? 그리고 그걸 종호가 가만히 놔두었고? 말도 안 되는 소리 하지 말라고."

"효상 선생님, 혹시 더 하실 말씀은 없으신가요?"

"나는 범인이 아니라는 말 말고는 없어."

"좋습니다. 다음으로 상욱 선생님께 여쭙겠습니다."

상욱은 자신에게 차례가 돌아오리라고는 전혀 예상하지 못한 듯 화들짝 놀랐다.

"저요? 전 아무것도 없는데요."

강식이 자리에서 벌떡 일어섰다.

"당신이야말로 악질 중에 제일 악질이야."

"무슨 소리야?"

"두 분, 진정하고 자리에 앉으세요. 제가 말하겠습니다. 상욱 선생님은 방글라데시에서 지하수 정화 사업을 하고 계신 걸로 들었습니다. 맞나요?"

"맞아."

"그런데 제가 듣기로는, 말은 정화를 한다고 하면서 실제로는 비소를 전혀 제거하지 않은, 그러니까 비소를 함유한 지하수를 비소를 제거했다고 속여 팔아 오셨다더군요. 지역 경찰을 매수하면서까지요. 맞습니까?"

그 말에 효상이 피우던 담배를 재떨이에 던지고는 소리쳤다.

"허, 정말로 악질 중에 악질인데. 어쩐지, 방글라데시 같은 후진국에서 지하수를 정화해서 그렇게 많은 돈을 벌 수 있나 했더니, 원가가 제로였기에 가능했던 거군."

다른 사람들도 크게 충격을 받은 듯했다.

"사실이에요, 아저씨?"

용제가 경멸하는 듯한 얼굴로 물었다. 승준과 규리, 그리고 교수님 또한 말은 없으나 혐오스럽다는 표정으로 상욱을 쳐다봤다. 성경책을 세게 움켜쥐던 상욱이 자리에서 일어섰다.

"전혀 사실이 아닙니다. 증거 있어요?"

"증거는 없습니다."

"흥, 그럼 그냥 엉터리 억측이군요."

"닥쳐."

효상이 격앙된 목소리로 외쳤다.

"당신이 범인이야. 그 사실이 퍼질까 봐 종호를 죽인 거야!"

"제 말을 잠시 들어 보시죠. 우선 방금 탐정 학생이 한 말은 근거 없는 헛소문입니다. 게다가, 그 사실이 알려진다고 해도 저는 종호를 죽일 필요가 없습니다. 상호 확증 파괴라고 하나요? 저도 종호와 관련하여 폭로할 비밀이 있거든요."

방금 '그 사실'이라고 말한 부분에서 헛소문이 사실이라고 자백한 게 아닌가 했지만 일단은 그냥 넘어가기로 하고 계속 물었다.

"그게 무엇인가요?"

"원래는 당연히 외부에 발설할 생각이 없었습니다. 그런데 그 여자가 폭로를 하다니 괘씸해서 나도 말해야겠네요. 이미 죽은 사람의 비밀을 폭로하려니 찜찜하지만 이건 다 그 여자 탓입니다. 학생, 내가 말한 적이 있었죠? 2년 전 방글라데시에 초대형 폭우와 함께 대홍수가 났다고요. 그날 하루에 쏟아진 강수량이 1300mm에 달했다고요."

"맞습니다."

"방글라데시가 원래 비가 많이 오긴 하지만, 그 정도는 아닙니다. 그럼 그날은 왜 그렇게 됐는지 아시나요? 그건 종호 때문입니다."

"종호 선생님 때문이라고요?"

"종호가 드론을 통해 기후 조작을 한 겁니다."

용제가 자리에서 벌떡 일어서더니 날뛰며 흥분했다.

"기후 조작!"

사람들의 이목이 순식간에 상욱에게 집중되었다.

"구체적으로 말씀해 주실 수 있나요?"

"말 그대롭니다. 방글라데시 동남부 상공에 드론으로 화학 물질을 살포해 그렇게 많은 비가 내린 겁니다."

"화학 물질!"

용제가 제자리에서 펄쩍 뛰었지만 아무도 그에게는 눈길을 주지 않았다. 상욱의 말은 쉽사리 믿기 힘들었다. 나는 계속해서 물었다.

"그렇게 한 목적이 뭔가요? 설마 비를 많이 내리게 해서 다수의 사람들을 죽이려는 건가요?"

"이유는 정확히 몰라요. 일단 정부와 결탁했다는 건 알고 있어요. 목적은 그들만이 알겠죠."

순간 로비 안에 정적이 감돌았다.

"그게 정말 가능한 일이야?"

효상이 따지자 상욱은 고개를 절레절레 저었다.

"그야, 가능하니까 벌어진 일 아니겠어요? 애초에 그렇게 많은 비를 내리기 위해 벌인 짓이 아닐 수도 있어요. 어쩌면 강수량을 줄이기 위해 모여 있는 구름을 미리 어느 정도 없애려 한 걸지도 모르죠. 하지만 그게 역효과를 제대로 세게 내 버린 거죠. 실제로 중국에서 기상을 제어하려다 역풍을 제대로 맞은 적도 있으니까요. 충칭 지역에서 인공 강우 작업을 진행한 뒤 폭풍우와 함께 초속 34m의 강풍이 몰아쳐 피해가 속출했죠. 중국 당국은 인공 강우가 폭풍우에 직접적인 영향을 미치지 않았다고 설명하지만, 비를 만들려다 태풍을 만들었다는 비판을 피하지 못했습니다. 인간이 어떻게 자연을 완벽히 파악하겠어요? 나비효과죠."

"선생님, 혹시 선생님의 말씀에는 근거가 있으신가요?"

"딱히 없지만, 사실입니다. 중요한 건, 아까 학생이 말한 것 때문에 내가 종호를 죽일 이유는 없다는 거예요. 나도 마찬가지로 폭로를 하면 되는 거잖아요?"

"그럼 일단 선생님이 떳떳하지 않은 행위를 했다는 사실은 인정하시는 건가요?"

잠시 말을 망설이던 상욱이 손에 쥐고 있던 성경책을 테이블 위에 던지며 소파에 등을 기댔다.

"비소를 완전히 정화하진 않았어요. 하지만 그 이유는 지하수에 함유된 비소의 함량이 매우 극소량이었기 때문입니다. 어쨌든 나는 다른 오염 물질도 정화했고 지하수의 설비도 크게 개선시켰어요. 게다가, 나로 인해 방글라데시 국민이 행복했다면 좋은 일을 한 게 아닌가요?"

"이런 뻔뻔한 새끼."

효상이 욕을 하며 삿대질을 했지만 상욱은 오히려 당당하다는 듯 아무렇지도 않은 모습을 보이더니 용제와 승준, 규리와 교수님을 차례대로 가리켰다.

"나머지 이 사람들은 뭐 없나요? 아, 그리고 학생도요. 탐정짓을 하려면 당당해야 할 거 아니에요?"

잠자코 지켜보고 있던 승준이 입을 열었다.

"아저씨, 더 이상 추해지지 맙시다."

"승희 선생님께선 나머지 분들에 대해서는 모른다고 하셨습니다."

"모르는 거군요, 없는 게 아니라요."

용제도 거들었다.

"아저씨, 좋게 봤는데 실망이네요."

"잠깐, 그러고 보니 여기엔 직원들도 있잖아. 이런 이상한 곳에서 일하는 사람들이니 뭔가 알고 있지 않을까?"

효상이 물었다.

"아, 승희 씨께서 그분들은 아무런 관련이 없을 거라고 하시더군요. 듣기로는 뽑은 지 한 달도 안 됐다고 하더라고요."

그때였다. 위쪽에서 작게 쿵 하는 소리가 들렸다. 무언가 터지는 것 같기도 한 소리였다. 그와 동시에 건물이 작게 흔들렸다.

"뭐야?"

교수님이 떨리는 목소리로 말했다. 나는 교수님 곁으로 다가갔다. 사람들은 모두 천장을 바라보았다.

"위에서 난 소리 같은데요."

강식이 말했다.

"혹시, 그 이승희란 사람한테 뭔 일이 난 거 아니야? 설마 폭탄?"

효상의 말에 모두가 서로를 번갈아 보았다.

"하지만 여기에 모든 사람이 다 있는걸요."

강식의 말처럼 지금 여기에는 승희를 제외한 모두가 다 있었다.

"그거랑 폭탄은 상관없잖아?"

"승희 선생님이 계신 204호 말고 다른 곳에서 난 소리일지도 모릅니다. 하지만 우선은 그리로 가 보는 게 좋겠죠."

우리는 토의 끝에 유력한 용의자, 정확히 말하면 쓰레기로 급부상한 상욱을 제외하고 나, 효상, 강식 셋이서 204호를 찾아가 보기로 했다.

"강식 선생님, 혹시 모르니 마스터키를 가지고 와 주실 수 있으실까요?"

"그러죠."

나와 효상은 먼저 204호에 도착해 초인종을 눌렀다. 아무 반응이 없다. 곧바로 강식이 직원과 함께 도착했다. 직원이 문손잡이에 마스터키를 갖다 댔다. 삐빅 하는 소리가 들렸다. 강식이 문을 자동으로 여는 빨간색 버튼을 눌렀다. 하지만 문은 꿈쩍도 하지 않았다. 혹시나 싶어 문을 열기 위해 밀어 보았지만 미동도 없었다.

"어떻게 된 거죠?"

강식이 직원에게 물었다.

"저도 모르겠습니다."

강식이 몸으로 문을 밀려다 동작을 멈추고는 중얼거렸다.

"어?"

"선생님, 왜 그러시죠?"

"이거, 열리긴 열릴 거 같아요. 다 같이 좀 밀어 보시죠."

나는 강식과 함께 문을 밀기 시작했다. 과연 아주 조금씩 열리는 듯했다.

"효상 선생님도 같이 열어 주시죠."

효상까지 거들면서 우리 세 명은 온 힘을 다해 문을 밀었다. 그러자 문이 조금씩 열리기 시작했다.

"어우, 이건 왜 이렇게 무거워."

효상이 중얼거렸다. 마침내 문을 어느 정도 열었다. 우리는 방 안으로 들어섰다. 나는 방 안쪽에 설치된 방문의 자동 개폐 버튼을 눌렀다. 문은 미동도 하지 않았다.

"승희 선생님, 계세요?"

거실에 서서 외쳐 봤지만 대답은 없었다.

"각자 찾아보시죠."

내 말을 효상이 가로막았다.

"학생, 원칙을 지켜야지. 다 같이 다니는 거야."

"아, 그렇군요."

우리는 먼저 침실로 향했다. 침실에서는 적당한 사용감이 느껴졌다. 침대 위에 옷이 널브러져 있고 이불은 조금 흐트러져 있다. 바닥에는 캐리어가 열린 채 놓여 있었다. 조금 더 안으로 들어가니 드레스 룸이 나왔다. 화장품 몇 개가 거울 앞에 놓여 있다.

"욕실에도 한번 가 볼까요."

욕실로 통하는 반투명한 유리문은 닫혀 있었다. 문을 열고 안으로 들어섰다. 샤워 부스, 욕조, 그리고……

"으악!"

강식이 비명을 질렀다.

욕조 옆의 그리 넓지는 않은 공간의 바닥, 샤워기가 달려 있는 곳에 승희가 누워 있다. 회색의 파자마 차림인데 온몸이 물에 젖어 있다. 입을 벌리고 눈을 뜬 채로 천장을 응시하는 자세였다. 한눈에 봐도 죽었다는 사실을 알 수 있었다. 목이 묘하게 괴기한 각도로 꺾여 있었기 때문이다. 주변 바닥과 욕조 또한 물로 흠뻑 젖어 있다. 나는 시험 삼아 승희의 목에 손가락을 갖다 댔다. 맥박은 뛰지 않았다. 우리는 잠시 아무 말 없이 승희의 시신을 내려다봤다.

"씨발!"

효상이 욕을 내뱉었다.

"무슨 일이 일어나고 있는 거야!"

나는 승희가 쓰러진 위치의 바로 위쪽 천장을 올려다봤다. 천장에서 사다리가 내려와 아래로 늘어트려져 있다. 알루미늄으로 만들어진 것 같은 비상용 접이식 사다리였다.

"이 위는 어디로 통하죠?"

내가 물었지만 효상은 여전히 흥분한 듯 거친 숨을 내쉬며 씩씩거리고 있었다.

"이 위는 어디로 통하죠?"

다시 한번 묻자 효상이 소리를 버럭 질렀다.

"3층이지 어디긴 어디야!"

효상은 또다시 나타난 시신에 극도의 스트레스를 받는 듯했다. 나는 다른 사람들에게 말했다.

"우선 여러분은 잠시 계세요. 제가 올라가 보겠습니다."

사다리를 타고 올라가려는 나를 강식이 제지했다.

"이봐요, 위에서 살인자가 기다리고 있으면 어떻게 해요?"

강식의 질문에 딱히 모범적인 답안이 떠오르지 않았다. 순간 내가 죽고 홀로 남을 교수님이 떠올랐다.

"제가 안 내려오면 여러분들은 계단을 통해 3층으로 오시죠."

나는 조심스럽게 사다리를 타고 위로 올라갔다. 위층으로 통하는 통로는 한 변의 길이가 1m인 정사각형 모양이었다. 통로 옆에 빨간색 버튼이 있다. 버튼을 누르면 천장의 벽이 아래쪽으로 젖혀지며 열리는 구조인 듯했다. 얼마 안 가 바로 위층의 어느 바닥 위로 올라왔다. 보아하니 여기는 3층에 있는 작은 방 두 개 중 하나인 듯했다. 이곳은 특이하게 거실과 주방, 침실을 구분하는 벽이나 문이 하나도 없었다. 사방이 뻥 뚫린 게 마치 아직 공사 중인 빌딩에 들어온 듯했다. 벽지는 흰색이고 방바닥은 회색이었다. 한눈에 모든 공간이 눈에 들어와 범인이 어디 숨어 있을지 찾는 수고는 덜게 되었다.

아, 발코니가 있다. 나는 발코니로 향하는 문 앞에 섰다. 문을 열려는데 눈에 무언가 들어왔다. 문 아래쪽에 검은색의 작은 직사각형 모양의 물체가 붙어 있다. 문에 단단히 붙어 있는 듯했다. 문을 열자 텅 빈 발코니가 모습을 드러냈다. 테이블이나 꽃은 보이지 않았다.

그때 사다리가 나 있는 구멍으로 외침이 들려왔다.

"이봐요, 별일 없어요?"

"괜찮습니다. 여기는 3층의 작은 방 같은데요. 문을 열어 드릴 테니 한 분만 올라오세요. 두 분은 잠시 그곳을 지키고 계시고요."

현관으로 가 문을 여니 효상이 모습을 드러냈다. 나는 괜히 걱정되어 물었다.

"좀 진정되셨나요?"

"아니, 지금 분노가 극에 달한 상태야. 범인을 잡아 찢어 죽이려고 올라왔어. 범인은?"

"보시다시피 텅 비어 있습니다."

효상은 눈을 부라리며 주변을 둘러보다 갑자기 자리에 쪼그려 앉아 바닥을 만졌다.

"왜 그러시죠?"

"바닥이 조금 젖어 있는 거 같은데. 게다가 이건 방수 페인트야."

아, 그러고 보니 건물 옥상에서 이런 회색의 바닥을 본 것 같기도 하다. 효상은 벽으로 다가가 벽지를 만졌다.

"이것도 방수 시트네. 3층을 공사 중이라고 했던 게 방수 처리 과정이었나."

"다른 층의 방에도 이런 공사를 했나요?"

"글쎄, 그것까진 모르겠는데. 그런데 발코니에 범인이 숨어 있는 건 아닌가?"

"확인했습니다. 범인은 없는데, 처음 보는 게 있습니다."

나는 효상을 발코니로 통하는 문 앞으로 데리고 가서 문 아래쪽에 붙어 있는 직사각형 모양의 물체를 가리켰다.

"이런 게 있습니다."

효상은 잠시 그것을 매만졌다.

"이건 센서야."

"센서요?"

"그래, 압력 센서야."

"압력을 측정하는 센서인가요?"

효상이 고개를 돌려 나를 쳐다봤다.

"그럼 압력 센서가 소리를 측정하겠나?"

"압력 센서가 여기 왜 있을까요?"

"글쎄. 아마 공사를 하는 동안 잠시 붙여 둔 게 아닐까. 그보다도 범인은? 잠깐, 너 설마 범인이 현관문을 통해 밖으로 나가는 걸 가만히 지켜본 건 아니겠지?"

"……제가 무슨 이유로요?"

"네가 범인을 감싸 주려고 하는 거야."

"누구를요?"

"그래, 네 지도 교수야. 김서연이던가?"

"교수님이 승희 선생님을 살해할 동기는 둘째치고, 교수님은 계속 1층 로비에 계시지 않나요?"

"모르지. 우리가 자리를 비운 직후에 빠져나갔을 수도 있잖아."

물론 그것 외에도 교수님이 승희가 있는 204호에 어떻게 들어왔냐 하는 의문도 남지만 굳이 입 밖에 내진 않기로 했다. 우리는 나선 계단을 통해 204호의 욕실로 돌아왔다.

"범인은 없었습니다."

내 말에 강식이 한탄했다.

"다행인지 불행인지 모르겠군요."

나는 바닥에 쪼그려 앉아 승희의 시신을 살폈다. 온몸이 흠뻑 젖어 있었다. 주변 바닥도 물로 흥건했다. 승희는 잠옷 차림이었다. 옷을 입은 채로 샤워를 하려고 한 건가? 아니, 그것도 부자연스럽지만 그 와중에 사다리는 왜 타고 올라가려 했을까. 옷에는 딱히 주머니랄 게 없었다. 법의학은 하나도 모르기에 시신을 살피며 더 이상 내가 할 수 있는 건 없었다.

"그럼 이분도 1층의 얼음방으로 옮기죠."

나는 승희를 업고 204호를 빠져나와 나선 계단을 내려갔다. 기분이 매우 이상했다. 이곳에 도착하고 벌써 세 구의 시신을 업는다. 내가 사고 참사 현장에 도착한 구급대원도 아닌데 왜 이런 일이 벌어지는지 모르겠다. 거부감이 드는 건 아니다.

1층 로비에 도착하자 나를 본 몇몇 사람들이 비명을 질렀다. 아차, 로비에선 계단이 보인다. 미리 사람들을 다른 곳으로 옮겼어야 했다. 나는 슬쩍 교수님을 봤다. 교수님은 손으로 얼굴을 감싸며 고개를 떨어트렸다. 정신적으로 충격을 너무 많이 받은 건 아닌지 걱정이 되었다. 복도를 지나가 얼음방에 도착하자 먼저 있던 가온의 시신이 보였다. 갑자기 머리가 아파 오며 구역질이 났다. 가까스로 승희의 시신을 내려놓고 나는 결국 속을 게워 내고 말았다.

　"괜찮아요?"

　강식이 내 등을 토닥이며 물었다. 정신적 충격을 누구보다 크게 받은 사람은 다름 아닌 나일지도 모르겠다. 물을 마셨지만 호흡이 가빠 왔다. 공황 발작이 올 것만 같았다.

　"학생, 좀 쉬는 게 낫겠어요."

　나는 강식의 부축을 받아 로비로 돌아와 나선 계단을 오르려 했다. 뒤에서 교수님이 뛰어왔다.

　"규현아, 왜 그래?"

　"저는…… 괜찮습니다."

　강식이 옆에서 말했다.

　"아무래도 정신적으로 충격을 많이 받은 것 같습니다."

　"규현아, 사건 해결은 이제 됐어. 가서 좀 쉬어."

　대답할 힘이 없었다. 나는 강식의 등에 업혀 404호의 침실에 도착했다. 강식이 꽤나 고생했으리라는 생각이 들었다. 침대에 누우니 적당한 포근함이 온몸을 감싸 주는 게 마치 나를 진정시키기 위해 누군가가 적당히 힘껏 안아 주는 것 같아 기분이 조금 나아졌다.

"저는 여기 있을게요."

교수님이 말했다.

"알겠습니다. 그럼 저희는 우선 1층 로비에서 현 상황에 대한 대책 회의를 하겠습니다. 할 수 있는 말은 거의 없을 테지만요."

나는 침대에 누워 눈을 감았다. 가빴던 호흡이 점차 진정되는 것 같았다. 수면제라도 먹은 것처럼 급격히 졸음이 쏟아졌다. 잠자기 직전 누군가가 내 손을 잡았다. 교수님인가…….

제9장 정추적과 역추적

눈을 떴다. 얼마나 시간이 지났을까. 휴대전화를 확인해 보니 시간은 어느새 저녁 7시였다. 네 시간 정도를 잔 건가. 침대 옆 바닥에 교수님이 이불을 깔고 누워 자고 있었다. 이제 보니 내 온몸이 땀으로 젖었다. 아, 그렇다. 악몽을 꿨다. 종호와 가온, 승희 세 명이 동시에 내 등 위에서 죽어 갔다. 그들이 내 목을 조르는 듯 점점 숨을 쉬는 게 불편해졌다. 뒤에서는 누군가 나를 쫓고 있었다. 실루엣밖에 보이지 않지만, 분명 칼을 들고 있는 것 같기도 했다. 내 등에 업힌 세 명의 시신을 내려놓으면 나는 얼마든지 재빨리 도망칠 수 있었다. 하지만 그들은 나를 놓지 않았고, 나도 차마 그들을 놓는 게 무서웠다.

침대 옆 서랍장 위에 놓인 컵에 물이 담겨 있었다. 한 잔 들이 켰다. 무척이나 시원한 게 방금 냉장고에서 꺼내 따른 물 같았다. 교수님인가. 그때 교수님이 꿈틀대며 눈을 뜨더니 나를 보고는 벌떡 일어섰다.

"규현아, 괜찮니?"

"네, 저는 괜찮습니다."

"미안해. 내가 괜히 너보고 사건을 해결하라고 막 밀어붙인 것 같아."

"아닙니다."

"사건은 이제 해결하지 않아도 돼."

"아닙니다."

"아니야. 가만히 있어도 돼."

"하지만 제가 사건을 해결하지 않으면 상황은 나아지지 않습니다."

"상황은 나아지지 않아도 돼. 더 심각해지지만 않으면 되는 거지. 바람이나 쐬러 갈래? 바깥 공기도 좀 쐬어야 좋아."

"그 전에 교수님, 잠시만 저 혼자 있게 해 주세요."

"알겠어."

교수님이 침실을 나가자 나는 문을 잠그고 아까 빼 왔던 가온의 휴대전화를 꺼냈다. 잠시 깜빡하고 있었다. 아무도 없는 곳에서 비밀리에 조사하고 싶었다. 하지만 휴대전화에는 조사할 만한 게 거의 없었다. 통화와 메시지는 기록이 없다. 없는 건지 지운 건지, 또는 범인의 손에 지워진 건지는 알 수 없다. 생각해 보면 범인이 기록을 지우려 했다면 그냥 휴대전화를 바다에 던지는 게 더 빠르긴 할 것이다. 애플리케이션은 대부분이 기본으로 제공하는 것들이었다. 확인 삼아 일일이 확인해 봤지만 특이점은 없었다.

그때 어떤 아이콘 하나가 눈에 들어왔다. 'untitled'라는 이름의 애플리케이션인 듯했다. 아이콘은 분홍색 펭귄 모양이다. 가온이 안고 있던 인형이 생각났다. 애플을 실행하자 흰색 바탕에 두 개의 커다란 버튼이 중앙에 세로로 정렬된 화면이 떴다. 버튼은 둘 다 초록색이었다. 나는 위쪽 버튼을 눌렀다. 화면 중앙에 느낌표가 커다랗게 떴다. 뭔가 오류가 발생한 것 같긴 한데 아무 설명이 없어 영문을 몰랐다. 다른 버튼을 눌러도 마찬가지였다. 이 애플은 용도가 무엇일까. 왠지 사건과는 아무런 관련이 없는 것 같기도 하다.

나는 침실에서 나와 교수님과 함께 나선 계단을 내려왔다. 1층 로비에는 강식과 효상 둘뿐이었다. 효상은 줄담배를 피우고 있는지 재떨이 위에 담배꽁초가 수북했다. 강식은 식당에서 가져왔는지 까망베르 치즈와 함께 레드와인을 마시고 있었다. 강식이 나를 보더니 고개를 들었다.

"학생, 몸은 좀 어때요?"

"저는 괜찮습니다. 그보다 사건에 대한 논의는 좀 진행됐나요?"

강식이 고개를 저었다.

"학생이 업혀 간 뒤로 사건에 대한 얘기는 1도 안 했습니다. 그도 그럴 게, 일단 우리는 머리도 좋지 않기도 하지만요, 지금 일어나고 있는 일들이 뭐 방탈출 같은 게임이 아니잖아요. 휴대 전화는 여전히 안 터지고. 학생이 있으니 우리가 얘기라도 하는 거지, 여기 있는 사람들은 이미 서로 간에 불신이 가득 쌓여 있어요. 서로 꼴도 보기 싫어하는 것 같더군요. 상욱 씨는 자신의 죄가 탄로나 어지간히 창피해하는 것 같고요. 뭐, 여기 있는 효상 씨야 저는 이미 정이 들어 버려서요."

입에서 연기를 뿜던 효상이 말했다.

"솔직히, 다들 자포자기 상황 아닌가. 그저 휴대전화가 터지기만을 기다릴 뿐이지. 아니면 누군가 기적적으로 여기를 발견하길 바랄 뿐."

"만약 그런 일이 일어나지 않는다면요?"

내 말에 효상이 담배를 재떨이에 눌러 끄더니 껄껄 웃었다.

"평생 여기서 사는 거지 뭐. 바다니까 물고기는 얼마든지 잡힐 거 아닌가? 상욱이란 사람이 낚시를 한다던데, 자기 입으로는 프로 수준이라더라고. 뒤로는 나쁜 일을 저지른 사람이 잡은 물고기 따위 그리 먹고 싶진 않지만. 그럼 미리 물고기를 쟁여 놓아야 하나. 낚싯대는 있다고 했으니."

"요새 동해에서는 뭐가 잡히나요?"

강식이 묻는 소리를 들으며 나는 교수님과 함께 현관을 나섰다. 이미 해는 완벽히 지고 하늘은 검게 변했다. 구름이 낀 모양인지 별과 달은 보이지 않았다. 교수님이 내게 말했다.

"연못에 가지 않을래?"

"그러시죠."

바닷바람이 나름 세게 불어왔다. 머리가 휘날릴 정도였지만 오히려 그래서 더 좋았다. 지금까지 쌓여 있던 신체적 정신적 스트레스가 다 날아가는 듯했다. 이곳에 오고 나서부터의 기억까지 다 날아가면 좋으련만.

어느새 연못에 도착했다. 낮에 본 연못과 밤에 보는 연못은 모습이 크게 달랐다. 높이가 3m는 넘어 보이는 가로등이 연못 주변에 서 있다. 알루미늄 빛깔의 기둥 맨 위에 뒤집어 놓은 사다리꼴 모양의 전등이 따뜻해 보이는 백색광을 내뿜고 있다. 다른 가로등은 기둥이 휘기도 하고 전등이 깨지기도 했지만 이곳은 정상적이라 다행이었다. 우리는 목재로 만들어진 벤치에 앉았다. 벤치가 살짝 삐걱거리는 듯했다. 멍하니 연못을 바라보던 교수님이 문득 중얼거렸다.

"없어."

"없다뇨?"

"황금 잉어가 없어."

황금 잉어……. 아, 첫날 교수님이 연못을 가리키며 한 말이 한 박자 늦게 떠올랐다. 황금 잉어. 내 기억으로는 부와 재물, 입신과 출세의 상징이다. 과거 중국에선 오로지 황실의 연못에서만 기를 수 있었다. 그런 잉어가 사라졌다. 이제 내 출세는 가로막힌 건가. 수면에서 점프해 하늘로 날아가는 황금 잉어가 머릿속에 떠올랐다. 아니면 누군가 부와 재물을 얻기 위해 황금 잉어를 훔쳐 간 건가.

교수님이 연못을 한 바퀴 돌고 제자리로 돌아왔다.

"잉어가 한 마리도 없어. 전부 다 사라졌어."

그때였다.

"헉."

나는 바닥에 무릎을 크게 찧으며 주저앉았다.

"왜 그래? 괜찮아?"

교수님이 내 어깨를 붙잡았다. 지금까지 있었던 일들이 파노라마처럼 내 머릿속을 지나가기 시작했다. 너무나 빨리 내 뇌의 모든 신경 세포를 스쳐 지나갔다. 머릿속에서 수많은 방울이 생기기 시작했다. 두개골이 터질 것 같았다.

"머리가 아파? 많이 아파?"

바다. 수상탑. 방글라데시. 로즈마리. 폭우. 문. 쿵. 천재. 조작. 폭탄. EMP. 구명조끼. 센서. 얼음방. 사다리. 욕조. 발코니. 시신. 폭발. 무게. 나선계단. 연못. 라벤더. 휴대전화. 소녀. 살인. 설계. 밀실. 이끼. 재앙…….

그리고.

지구온난화.

정신이 퍼뜩 들었다.

"왜 그래?"

교수님이 걱정 가득해 보이는 눈빛과 말투로 내게 물었다. 바닥에 닿은 무릎 옆으로 물줄기가 흘러 내려왔다. 연못에서 흘러내린 물은 아니다. 이건……. 나는 물이 흘러온 쪽으로 시선을 던졌다. 찰랑거리는 물이 연못가를 덮치려 하고 있었다. 금세 무릎이 젖었다. 나는 손을 들어 괜찮다는 제스처를 취하며 자리에서 일어섰다.

"저는 괜찮습니다, 교수님. 사람들을 불러 주세요."

"사람들?"

"할 말이 있습니다. 다소 허황된 이야기지만요."

오후 8시 30분, 이미 죽은 자들을 제외한 모두가 1층 로비에 모였다. 나는 방에 틀어박혀 홀로 한 시간 정도를 생각한 뒤에야 로비로 내려올 수 있었다. 여전히 이렇다 할 증거는 없다. 하지만 나는 물리학도다. 물리학과 수학의 가장 큰 차이, 물리학은 무언가가 틀렸다는 증거가 나올 때까지 믿는 거 아니겠나.

로비의 소파에 각자 자리를 잡은 사람들이 한가운데에 서 있는 나를 바라봤다.

심장이 쿵쾅거렸다.

나는 말을 시작했다.

"제가 여러분들을 여기까지 부른 이유는…… 지금까지 이곳, 수상탑에서 벌어진 일에 대해 제 나름대로 설명을 해 보기 위해서입니다."

내 말에 사람들이 크게 웅성거리기 시작했다. 강식이 손을 들었다.

"설마, 범인을 알아낸 건가요?"

"우선 제 말을 들어 보시죠."

생수병의 뚜껑을 열어 물을 한 모금 들이켰다.

"세 건의 살인 사건이 발생했습니다. 이것들은 연쇄 살인일까요, 아닐까요."

"연쇄 살인이지. 봐 봐. 이곳의 주인과 그의 최측근만 골라서 죽였잖아."

효상의 말을 강식이 가로막았다.

"조용하고, 탐정의 말을 들어 보죠."

"저는 크게 두 가지 접근법을 활용해 볼까 합니다. 정추적과 역추적입니다."

강식이 내 말을 따라 했다.

"정추적과 역추적?"

"역추적은 말 그대로 문제에서 구하라는 것이나 묻는 것에서부터 거꾸로 거슬러 올라가 해결법을 찾는 과정입니다. 반면 정추적은, 문제를 보고 떠올릴 수 있는 모든 것을 떠올리고 그것을 조합해 생각해 가며 결론을 도출하는 것입니다."

효상이 고개를 끄덕였다.

"그렇군. 그래서?"

"먼저 역추적을 해 보겠습니다. 세 건의 사건을 순서대로……여기서부터 문제가 발생합니다."

"무슨 문제?"

"순서의 문제입니다. 세 건의 사건은 어떤 순서대로 일어났을까요?"

강식이 다리를 꼬며 말했다.

"음, 가온이 살해당하고, 그다음 종호가 살해당하고, 마지막으로 승희 아닌가요?"

"그것은 어디까지나 저희가 시신을 발견한 순서일 뿐입니다. 물론, 승희 선생님이 가장 마지막 순서인 것은 자명합니다. 문제는 그 둘입니다."

"그렇지. 그리고 순서가 문제라는 건 앞서 얘기했잖아."

효상의 말에 나는 고개를 끄덕였다.

"맞습니다."

"그 문제가 해결된 거야?"

"해결 방법을 제시하려고 합니다. 먼저 순서를 정하기 전에 각각의 사건이 가지고 있는 불가해성을 살펴보겠습니다. 먼저 가온의 사건입니다."

"지금으로선 제3의 범인이 가온이를 죽인 후 배를 타고 도망쳤다는 것이 가장 유력한 설이지 않나?"

효상의 말에 나는 고개를 저었다.

"제3의 인물은 애초에 없었다고 보는 게 자연스러우니까요. 일단은 제 말을 들어 주시죠. 가장 이해가 안 되는 점은, 가온이 1층 현관을 통해 밖으로 빠져나가지 않았다는 점입니다. 그 이유가 무엇일까 하는 게 제1의 쟁점입니다. 그럼 그 이유는 일단 잠시 놔두고, 가온인 어쨌든 밖으로 나간 건 분명합니다. 이건 절대 부정할 수 없습니다. 다만 여기서 경우의 수가 나뉩니다. 살아서 나간 걸까, 죽어서 나간 걸까."

"죽어서 나갔다고?"

효상이 외쳤다.

"그렇습니다. 범인은 가온일 죽인 뒤 시신을 들쳐 메든 어떻게 해서 플랫폼의 북동쪽 선착장 근처의 벤치에 눕혀 놓았습니다……. 그렇다면 왜 벤치에 눕혀 놓은 걸까요? 이건 상욱 선생님이 이미 제기한 의문입니다. 여기서 저는 하나의 전제 사항을 제안합니다. 범인이 한 행동은 모두 범인 자신의 범행에 도움이 되기 위해 한 것이라는 주장입니다. 즉, 자신의 범행에 도움이 되지 않을 만한 행동, 예를 들면 괜한 짓을 해서 증거를 남기거나, 굳이 하지 않아도 될 행동은 하지 않는, 지극히 절약적인 범인, 괜한 쇼맨십을 하지 않는 범인이라고 가정하겠습니다."

아무도 내 말에 반론을 제기하지 않았다.

"그렇다면 범인은 왜 가온일 벤치에 눕혔는가. 이걸 반대로 질문해 보겠습니다. 범인이 가온일 벤치에 눕히지 않는다면 범행을 하는 데 있어서 어떤 곤란한 점이 생길까? 여기선 벤치와 땅바닥의 차이, 아니, 벤치와 벤치가 아닌 곳의 차이가 무엇인지 봐야 하는데, 혹시 생각나시는 게 있으시면 말씀해 주세요."

사람들은 조용히 생각에 잠겼다. 강식이 입을 열었다.

"그런 차이가 있을까요?"

"다른 분들의 의견도 듣고 싶습니다. 먼저 교수님."

교수님은 내가 자신을 부르리라곤 생각도 하지 못했는지 크게 당황하는 모습을 보였다.

"딱히, 딱히 생각이 안 나."

"효상 선생님은요?"

"아무리 생각해도 모르겠네."

"상욱 선생님은요?"

"모르겠네요."

"용제 씨는요?"

"모르겠어요."

"석승준 교수님은 어떻게 생각하시나요? 관련이 클 것 같진 않지만, 도시공학과시잖아요."

승준이 픽 하고 웃었다.

"도시공학과면 벤치에 대해 잘 알 거라고 생각하는 건가요? 애초에 벤치가 정교한 기계도 아니고, 대단할 게 있나요? 저는 아무런 차이도 없다고 보는데요."

"규리 씨는요?"

"글쎄요. 벤치는 뭔가 낭만이 있어 보이는데요. 그렇다고 벤치가 아닌 곳은 낭만이 없냐 하면 그건 아니고요. 잔디밭에 돗자리만 깔아도 나름 낭만이 있을 수 있잖아요."

"그렇습니다. 실은 저도, 둘의 차이는 없다고 생각합니다."

효상이 헛웃음을 지었다.

"뭐야, 그럼 왜 물어본 거야?"

"여러분들의 의견을 듣고 싶었습니다."

상욱이 말했다.

"그럼, 둘의 차이가 없으면, 어떻게 되는 건가요?"

"둘의 차이가 없다면, 자연스럽게 범인은 벤치 위에 시신을 눕히는 행위를 고려하지 않았다는 것입니다. 다른 식으로 말하면, 범인에게 벤치는 그냥 없는 셈이었던 겁니다."

"없는 셈이라니, 떡하니 있는데. 그렇다면 벤치가 없다가 생겼다는 건가?"

효상이 짠 하고 무언가가 튀어나오는 것 같은 제스처를 취하며 말했다.

"맹점에 들어왔다고 볼 수도 있겠죠. 그럼 여기서 다른 쟁점으로 넘어가겠습니다. 가온인 발견될 당시 구명 조끼를 입고 있었습니다. 하지만 벤치와 선착장은 꽤 멀리 떨어져 있습니다. 당연히 가온이 왜 구명 조끼를 입고 있었느냐가 궁금해집니다. 이쯤에서 저희는 방향을 바꿔야 할 것 같습니다. 가온이 살아 있는 상태에서 타워 밖으로 나갔다는 가설입니다. 물론 범인이 시신에 구명 조끼를 입혀야 하는 이유가 있었을 수도 있습니다만, 이 부분에 대해선 이번 세 건에 대한 종합적인 결론을 나름 낸 뒤에 돌아오도록 하겠습니다."

나는 목이 말라 물을 한 모금 마셨다.

"그럼 계속하겠습니다. 구명 조끼는 보통 물에 들어가거나 물에 빠질 위험이 있는 장소로 갈 때 입는다는 건 누구나 알고 있습니다. 그리고 벤치는 당연하지만 물이 아니고, 물에 빠질 위험이 있는 장소인 선착장은 거리가 조금이나마 떨어져 있습니다. 저는 여기서 한 가지 다른 각도로 이 문제를 짚고 싶습니다. 가온인 구명 조끼를 스스로 입었을까요? 아니면 범인이 입혔을까요?"

사람들은 잠시 아무 말이 없었다.

"스스로 입었다고 해 보죠. 그렇다면 구명 조끼를 입으라는 지시를 범인이 내리지 않았다는 겁니다. 즉, 가온인 선착장에서 배를 타고 이곳을 빠져나가려 했을 수 있습니다. 그러던 도중 범인이 가온일 살해한 겁니다."

강식이 말했다.

"하지만 제3자는 없다고 하지 않았나요?"

"그렇습니다. 그렇다면 선택지는 다음과 같습니다. 첫째, 범인은 가온일 살해한 후 이곳에서 밖으로 도망치지 않은 채 이 안에 남아 있다. 둘째, 가온인 혼자 이곳에 나왔다. 그런데 여기서 문제가 있습니다. 북동쪽의 선착장에는 배가 없었다는 거죠. 첫째 경우든 둘째 경우든 배가 남아 있어야 말이 되니까요."

"제3자가 없는데 배도 없다면 모든 게 탁상공론이 되어 버리는 거 아니야?"

효상의 말에 나는 고개를 끄덕였다.

"대부분의 가설이 힘을 잃게 되지만, 한 가지 가능성이 남아 있습니다. 가온인 배를 타고 여기를 빠져나갈 생각이 없었다는 겁니다. 물론 그것은 범인도 마찬가지입니다. 하지만 그렇다면 구명 조끼를 왜 입었냐는 의문이 남게 됩니다. 아까 구명 조끼는 물에 들어가거나 물에 빠질 위험이 있는 장소로 갈 때 입는다고 했습니다. 그런데 배가 없으니 배를 탈 의도도 없었다고 봐도 되고, 즉 물에 빠질 위험이 있는 장소로 간다는 선택지는 제거됩니다. 그럼 남은 건 물에 들어간다는 선택지입니다."

승준이 손을 들었다.

"이의 있습니다. 벤치 주변에는 물이 없잖아요."

"그렇습니다. 그런데 아까 제가 한 말을 떠올릴 필요가 있습니다. 범인에게 벤치는 없는 셈이었다고요. 그렇다면 그것을, 범인은 가온의 시신이 어느 곳에서 발견되든 상관없다는 뜻으로 해석해도 될 것 같습니다. 그런데 만약 그렇다면, 구명 조끼를 입었다는 사실이 문제가 됩니다. 시신이 발견된 장소 근처에 물이 있다면, 예를 들어 선착장이라면, 구명 조끼가 의미를 갖지만, 그렇지 않다면 의미를 갖지 않기 때문입니다. 하지만 가온이 최종적으로 구명 조끼를 입은 데에는 어쨌든 범인의 의사가 개입되어 있을 것입니다. 즉, 구명 조끼는 주변 장소와 관련 있는데, 그 장소 중 핵심 요소인 벤치는 상관이 없다는 뜻입니다."

"뭔가 묘한데, 그러니까 요약하자면 말이 안 맞는다는 소리인가?"

효상의 말에 나는 고개를 끄덕였다.

"맞습니다. 게다가 구명 조끼에서 파생되는 의문점은 하나 또 있습니다. 가온이 구명 조끼를 입어야 했다면, 그건 범인도 마찬가지일 거라는 겁니다."

"그렇겠지."

"그리고 구명 조끼가 들어 있는 케이스의 유리는 깨져 있었습니다. 그렇다면 범인은 케이스를 깬 뒤 자신과 가온의 몫인 두 개의 구명 조끼를 꺼냈다고 해석할 수 있습니다."

"그래."

"하지만 첫날 제가 이곳에 도착한 선착장에 있는 구명 조끼 케이스에는 하나에 구명 조끼가 네 벌 있었습니다. 그리고 가온이 발견된 지점 근처의 케이스에도 구명 조끼가 네 벌 있었죠. 제가 분명히 봤습니다."

잠시 침묵이 흘렀다. 강식이 입을 열었다.

"정말인가요?"

"정말입니다. 지금 확인해 보셔도 되겠죠. 보시면 알겠지만, 그 상태에서 구명 조끼 두 개가 더 들어가기에는 조금 무리입니다. 북동쪽 선착장의 케이스는 남쪽 선착장의 그것과 크기가 같습니다. 네 개가 있는 게 이상적이죠. 즉, 범인이 케이스의 유리를 부수고 그 안에서 구명 조끼를 두 개 꺼냈다고 보기엔 부자연스러운 면이 있습니다."

"그럼 가온이와 범인은 구명 조끼를 입은 채 벤치로 갔다는 건가요?"

강식이 말했다.

"맞습니다만, 아까 말했다시피 벤치라는 특정 장소는 의미가 없습니다. 벤치 위든, 벤치에서 동쪽으로 몇 미터 떨어진 지점이든, 범인에겐 상관이 없었다는 겁니다. 그 말은, 벤치 주변은 전부 하나의 공간이라 볼 수 있다는 뜻입니다. 위상수학적이라고 하면 너무 현학적일까요."

승준이 손을 들었다.

"그렇다면 어디부터 어디까지가 하나의 공간이죠?"

"플랫폼 위에 물이 있는 장소를 생각해 보면 됩니다. 가장 먼저 연못이 떠오르고, 그다음으로 수영장이 있습니다. 하지만 수영장은 물이 비어 있고, 구명 조끼를 입고 연못에 들어간다고는 생각하기 어렵습니다. 즉, 플랫폼 전체가 하나의 공간이라는 건데, 다시 말하면 가온이의 시신은 어디에서 발견되더라도 이상하지 않다는 말이 됩니다."

효상이 고개를 절레절레 저었다.

"무슨 소린지 모르겠는데. 여튼 그렇다면 범인은 구명 조끼 케이스의 유리를 왜 깬 거지?"

"범인이 그곳에서 구명 조끼를 꺼내 가지 않았다면 깰 필요도 없습니다. 다시 말해 범인은 케이스의 유리를 깨지 않았다고 볼 수 있습니다."

"그런데 깨졌잖아."

"맞습니다. 그건 잠시 넘어가기로 하죠."

"왜 넘어가지?"

"무언가 생각이 다음 단계로 물 흐르듯이 자연스럽게 넘어가지 않기 때문입니다."

"그렇군."

"막혔을 때는 원점으로 돌아가라는 말이 있죠. 처음으로 돌아가겠습니다. 아까 가온이 사건의 제1의 쟁점이 왜 가온인 1층 현관을 통해 밖으로 나가지 않았을까였습니다. 왜냐고 묻는다면, CCTV에 들키지 않기 위해서라는 답변이 합리적입니다. 다만 들키지 않아야 했던 이유를 생각하는 것은 다소 상상의 영역이기에 잠시 넘어가겠습니다. 그렇다면 '어떻게' 했을까."

"그건 발코니에서 트램펄린 위로 뛰어내린 거 아닌가? 저 사람이 시범도 보였잖아."

효상이 상욱을 가리키며 말했다.

"말씀대로 발코니에서 뛰어내린 건 맞다고 봅니다. 그때 상욱 선생님 말씀이, 테이블이 발코니 난간에 딱 붙어 있다고 하셨잖아요. 그렇다면 그건 방의 주인인 가온이 그렇게 했다고 보는 게 자연스럽습니다. 다만, 아까 말했다시피 가온이와 범인은 구명 조끼를 입은 상태에서 벤치가 있는 곳으로 향했습니다. 그러면 구명 조끼를 입은 상태에서 뛰어내렸다는 뜻이 됩니다."

"그건 이상하네."

"게다가 가온인 뛰어내린 후 어떠한 방법으로 밖에서 비상구의 문을 잠그기까지 했습니다. 그 상태로 꽤 먼 거리를 돌아 벤치로 갔죠. 여기서 우리는 두 가지를 기억해야 합니다. 첫째, 가온이의 방은 남서쪽이고 벤치는 북동쪽이다. 거의 타워의 반 바퀴를 더 돌아야 할 만큼 떨어져 있죠. 둘째, 앞서 언급한 대로 벤치라는 특정한 위치는 중요하지 않다."

강식이 말했다.

"기억은 하겠지만, 그래서 결론을 어떻게 내야 할지는 모르겠네요."

"우선 기억만 하시면 됩니다. 혹시 가온이의 의문점에 대해 더 생각나는 것이라든지 또는 자유 발언할 분 계신가요?"

아무도 입을 열지 않아 나는 다음 단계로 넘어갔다.

"그다음은 종호 선생님 사건입니다. 이 사건에 있어서 제1의 쟁점은 역시 '범인은 어떻게 종호 선생님의 방을 빠져나가 문을 잠갔는가'입니다. 문의 두께와 기밀성을 생각했을 때 실을 통과시켜 밖에서 문을 잠그는 등의 기술은 사용하지 않았다고 봐도 되겠습니다. 또한 마스터키는 쓰지 않은 것으로 추정됩니다. 거기에 방의 키는 선생님의 지문으로만 열 수 있는 케이스 안에 들어 있었습니다. 동의하시나요?"

모두가 고개를 끄덕였다.

"만약 그렇다면 범인이 문을 통해 빠져나갔다는 가설은 폐기해도 될 것 같습니다. 그럼 다른 출구는 무엇이 있을까. 그건 크게 두 가지입니다."

나는 손으로 V 모양을 취하듯 손가락 두 개를 펼쳤다.

"첫 번째는 옥상으로 나가는 방법이 있습니다만, 한계가 있습니다. 거기로 간다고 해도 딱히 탈출할 만한 방법이 없기 때문입니다. 물론 헬기 착륙장이 있긴 했지만 사건 전후에 헬기가 떴다는 정황은 없습니다. 두 번째 탈출 경로는 발코니입니다. 하지만 첫 번째와 마찬가지로 지상으로의 탈출이 불가능하죠. 다만 발코니의 경우는 주목할 만한 다른 포인트가 있습니다. 바로 선생님께서 발코니 근처로 한번 갔다는 거죠. 발코니에 핏자국이 있었거든요. 제가 전문가가 아니라 확신할 수는 없지만, 범인이 선생님의 피, 또는 누군가의 피를 채취해서 발코니에 흩뿌리는 식으로 위장했다고는 보기 힘들었습니다. 다만, 그 가능성 또한 이번 세 건의 사건에 대한 최종 결론을 낸 뒤에 다시 살펴보겠습니다. 그렇다면 선생님은 왜 발코니 쪽으로 갔던 걸까요?"

강식이 발언권을 행사했다.

"종호는 범인에게 칼로 찔린 직후 발코니로 도망쳤어요. 그 후 발코니의 완강기를 이용해 아래로 내려가려다가 단념하고 소파로 되돌아온 겁니다."

"왜 단념했지?"

효상이 물었다.

"범인이 도망쳤기 때문이겠죠."

"어디로?"

"헬기 착륙장이 있는 옥상으로 도망쳤겠죠."

"그다음에 범인은 어디로 도망쳤지?"

"……그럼 이건 어떨까요. 종호는 범인과 잘 아는 사이, 친한 사이였어요. 범인은 정직하게 문을 통해 밖으로 나가고, 종호는 문을 잠근 뒤에 소파로 되돌아온 겁니다. 그리고 죽음을 맞이한 거죠."

"현관문에 가까운 바닥에는 핏자국이 없지 않았나? 그리고 만약 그랬다면, 종호는 왜 발코니 쪽으로 간 거지?"

"처음엔 범인을 용서할 생각이 없었는데, 그 후 생각이 바뀌어서……."

강식은 본인이 생각해도 말이 안 된다고 판단했는지 말을 흐지부지 끝내 버렸다.

"그래서 탐정, 이유가 뭐지?"

"우선 강식 선생님의 생각은 대체적으로 틀렸지만, 나름 중요한 발상이라고 생각합니다. 그렇다면 왜 강식 선생님의 생각이 틀린 걸까요? 그리고 왜 발코니와 관련된 문제가 해결되지 않는 걸까요? 그건 바로 저희가 세운 가정이 틀렸기 때문입니다."

"우리가 가정을 딱히 세운 게 있나?"

"있습니다. '종호 선생님은 칼에 찔린 후 발코니로 향했다.', 이것입니다."

잠시 사람들 사이에 침묵이 감돌았다.

"그게 아니라고?"

"아닐 수 있죠."

"그게 아니면, 어떻게 되는 거지?"

"간단합니다. 반대인 거죠. 종호 선생님은 발코니에서 최초로 칼에 찔린 후 도망치기 위해 문 쪽으로 향했다. 그러다 도중에 힘이 빠져 소파 위에 누워 버렸고, 결국 숨을 거두었다. 이렇게 생각하면 눈에 보이는 상황 자체는 말끔하게 정리가 됩니다."

사실 전문가라면 발코니의 핏자국과 소파의 핏자국의 차이를 토대로 이를 쉽게 유추할 수 있었겠지만, 여기엔 전문가가 없으니 어쩔 수 없다.

상욱이 말했다.

"발코니는 5층이고 밖은 허공인데 어떻게 발코니에서 칼에 찔린 거죠?"

"그 질문에 대한 답은 아까 제가 말한 것처럼 '생각이 다음 단계로 물 흐르듯이' 넘어가지 않기 때문에 잠시 킵하겠습니다. 그럼, 마지막 사건입니다. 승희 선생님, 간략하게 승희 씨라고 말하겠습니다. 승희 씨가 살해당한 사건인데, 우선 이 사건의 범인과 앞서 두 건의 살인을 저지른 범인이 동일 인물인가 하는 궁금증이 생깁니다. 하지만 그걸 고려한다면 세 사건을 모두 동시에 따져 봐야 하기 때문에 머리가 아파질 것 같아 우선은 이 사건만 따로 생각해 보겠습니다."

효상이 어깨를 으쓱했다.

"마음대로 해."

"제가 말해 보죠."

강식이 손을 들었다.

"제 생각에 이번 사건의 주요 쟁점은 피해자가 왜 옷을 입은 채로 욕실에서 발견되었는지입니다. 맞죠?"

나는 고개를 끄덕였다.

"맞다고 볼 수도 있습니다. 아무래도 욕실은 옷을 다 벗고 들어가는 게 정상이니까요. 하지만 그 의문은 곧바로 해결됩니다. 사다리를 타고 위층으로 올라가려 했던 거죠. 그렇다면 왜 굳이 비상용 사다리를 이용했나 하는 의문이 제기됩니다. 비상 상황이 있었을까요?"

"아."

효상이 외마디 소리를 내뱉었다.

"혹시, 쿵 하는 소리와 함께 건물이 흔들린 걸 말하는 건가?"

"맞습니다만 그것만으론 불충분합니다. 여전히 문으로 나가면 되니까요. 혹시 기억하시나요? 204호의 문은 굉장히 무거웠습니다. 세 명의 건장한 남성이 가까스로 밀어야만 열렸죠. 한 명의 여성이라면 열기가 사실상 불가능하다고 볼 수 있습니다."

"다른 방은 그렇지 않았잖아."

"맞습니다. 그 방의 문만 그렇게 만들어져 있던 겁니다. 효상 선생님, 혹시 알고 계셨나요?"

효상이 손을 절레절레 저었다.

"난 몰라. 그런 세세한 건 종호가 했다고. 정말이야."

"저도 효상 선생님의 말을 믿습니다. 204호의 방문만 그렇게 무겁게 만들자고 제안한다면 종호 선생님께서 의심을 하겠죠."

"잠깐만요."

상욱이 말했다.

"그렇다면 종호가 승희를 함정에 빠트렸다, 뭐 그렇게 되는 겁니까?"

"일단 조금만 더 논의를 이어 가겠습니다. 계속 잇자면, 실내에서도 버튼을 누르면 문은 자동으로 여닫을 수 있습니다. 하지만 아까 제가 안에서 버튼을 눌러도 문은 닫히지 않았어요. 그걸 봤을 때, 문의 자동 개폐 장치가 고장 났다고 생각하는 게 합리적입니다. 정확히는, 파괴된 겁니다. 장치 내부에 작은 시한폭탄을 달았는지도 모르겠습니다."

"아아, 퍽 하는 소리가 그거였나. 그렇다면 건물이 흔들렸던 건 뭐지?"

"건물이 흔들린다는 건 굉장히 큰 공간적 규모의 이벤트입니다. 그런 만큼 모든 사건을 함께 고려하는 단계에서 검토하는 게 좋겠습니다. 계속하면, 건물도 기울어지고 무언가 터진 만큼 승희 씨는 위기감을 느꼈을 겁니다. 어쩌면 문에서 연기가 났을지도 모르죠. 게다가 아까 말했다시피 문은 매우 무거웠습니다. 그래서 사다리를 타고 위층으로 가려 했던 거죠. 그렇다면 승희 씨의 사인은 뭘까요? 어떻게 살해당했을까요?"

"범인이 위층에서 대기하다가 무언가로 공격했겠지."

"그럴 수 있습니다만, 그렇다면 승희 씨의 온몸은 왜 물에 젖어 있던 걸까요?"

"그건…… 승희의 몸에 무언가가 묻어 있었기 때문 아닐까. 범인의 피나 땀이라든지, 그런. 그래서 범인이 승희의 몸에 물을 뿌려 흔적을 씻어 낸 거겠지."

"그럴 수도 있습니다. 하지만 만약 그랬다고 쳤을 때, 범인은 어디로 도망친 걸까요? 애초에 1층 로비에는 모든 분들이 다 계셨잖아요."

내 말에 당시 로비에 남아 있던 사람들이 고개를 끄덕였다.

"결국 그 문제네."

"여기서 한번 발견 당시의 상황을 되새겨 보죠. 승희 씨는 목이 미묘한 각도로 꺾여 있었습니다."

"아, 그랬지. 그럼, 범인은 승희의 목을 꺾어 살해한 건가?"

"전문가가 아니라 모르겠지만, 그게 사인 아닐까 합니다."

승준이 말했다.

"학생, 됐으니까 범인이 누군지부터 말하면 안 되겠어요?"

"저도 그러고 싶지만, 제 생각을 바로 말해 봤자 여러분들이 납득을 못 할 게 분명합니다. 결국 저는 부연 설명을 달아야 해요. 조삼모사인 거죠."

승준이 불쾌한 듯 다리를 꼬며 쳇 하는 소리를 냈다.

"제가 처음에 정추적과 역추적 이야기를 했는데, 이제 정추적으로 넘어가 보도록 하겠습니다. 쉽게 말하자면 사건이 일어났을 당시 이곳에서 우리가 보고 듣고 느낀 모든 것에서 사건과 관련된 힌트를 찾아보자는 말입니다. 특히 우리는 평소와 달라진 점에 착안해야 합니다. 마치 화산이 터지면 지진도 동반되는 것과 같습니다. 물론 이는 지진이 일어나기 전에 생기는 구름을 지진운이라고 일컫는, 논리적 오류를 범할 여지도 남깁니다. 하지만 확실한 건, 사건이 일어난 시점 전후에 무언가가 바뀌었다면, 그 바뀐 것 중에서 반드시 최소한 한 개는 사건과 관련 있다는 겁니다. 그렇다면 묻겠습니다. 살인 사건이 일어나기 전에 있었던 가장 큰 이벤트는 무엇일까요?"

강식이 손가락을 튕겼다.

"정전이군요."

"맞습니다. 아까 제가 지진운을 예시로 들었듯이, 정전이 반드시 사건과 관련 있다고 확신할 순 없습니다. 하지만 관련 있다고 가정을 해 보죠. 그렇다면 당연히 정전은 의도적이었다는 말이 됩니다. 그리고 정전을 만든 장본인은 범인이고요. 그렇다면 범인의 의도는 무엇이었을까요?"

"정전이면, 당연히 전기를 끊는 거겠지."

"전기를 끊어서 뭘 하려 했던 걸까요."

"잠깐, 잠깐."

강식이 외쳤다.

"잠깐. 생각해 봐요, 학생. 분명 우리 둘이 보안관리실에 갔을 때, 직원은 메인 전력 공급 장치 중 일부가 일시 정지됐다고 했어요. 그리고 그게, 사전에 명령이 입력된 것이라고 했잖아요. 그런데 그 짓을 할 수 있는 사람은, 그, 종호 아니에요? 종호가 이 건물의 주인이잖아요."

"뭐, 타당한 의견입니다."

"하지만 종호도 살해당했잖아."

효상이 따졌다.

"일단 계속하겠습니다. 범인은 전기를 끊어서 뭘 하려 했던 걸까요?"

"냉장고 안의 음식이 모두 상하게 하고 싶었나?"

"정전이 일어났을 때 대개 사람들은 그 사실을 그 즉시, 곧바로 알아차립니다. 어떻게 그게 가능할까요?"

강식이 고개를 끄덕였다.

"그렇군요. 어두워지는 거예요."

"맞습니다. 조명이 꺼지는 거죠. 어둠이에요. 범인은 그걸 노린 겁니다."

"어두워지는 걸로 무슨 효과를 얻을 수 있지?"

"사람들은 대개 휴대전화를 갖고 있습니다. 아무리 실내 조명이 다 꺼져도 휴대전화의 라이트를 켜기만 하면 해결될 문제입니다. 그러므로 범인의 의도는 실내를 어둡게 하는 게 아니었습니다. 바로 실외, 즉 건물 안에서 창을 통해 보이는 밖이 어둠으로 가득 차게 하고 싶었던 겁니다. 건물 외부의 LED 조명과 플랫폼 위의 가로등을 포함한 모든 조명을 꺼 버려서요."

"그래서 무슨 효과를 얻을 수 있지?"

"이곳은 바다 한가운데입니다. 눈앞에 바다가 펼쳐져 있습니다. 별과 달도 안 보입니다. 조명은 하나도 없습니다. 이 상황에서 바다는 어떻게 보일까요?"

"그야 하나도 안 보이겠지."

그때 교수님이 효상의 말을 자르며 외쳤다.

"혹시, 바다와 하늘을 구분하지 못하게 하는 게 범인의 목적?"

"맞습니다."

"그렇다고 해도, 그걸로 뭘 할 수 있지?"

나는 휴대전화의 시각을 확인했다.

"좋습니다. 효상 선생님, 지금 바로 저쪽의 창을 통해 밖을 한번 보시죠."

"왜?"

"보면 압니다."

효상은 내 말이 무슨 소린지 모르겠다는 듯 고개를 저으면서도 창 쪽으로 다가갔다. 그리고 곧바로 이쪽으로 달려왔다.

"큰, 큰일 났어! 밖에, 밖에!"

"밖이요?"

강식의 말에 효상이 숨을 헐떡거렸다.

"밖에, 밖에 물이 가득 차 있어!"

"무슨 소리예요?"

이번엔 강식이 창으로 다가갔다. 그리고 곧 비명에 가까운 소리를 질렀다.

"이게 뭐야!"

1층의 바닥부터 천장까지의 높이는 대략 10m가 된다. 그중약 3m에 해당하는 높이가 물로 가득 차 있었다. 타워의 밖, 플랫폼 전체가 3m 정도 물 아래에 있는 것이다.

제10장 지구온난화

"어떻게, 어떻게 된 거죠?"

"간단합니다. 타워와 플랫폼이 바닷속으로 가라앉고 있는 겁니다."

"어떡해!"

규리가 소리를 질렀다.

"말도 안 돼. 그럼 우리 다 죽는 거 아니야?"

"괜찮습니다. 사건이 일어났을 당시에도 타워와 플랫폼은 바닷속에 있었으니까요. 아마 4층 전체가 수면 아래에 있었을 겁니다."

"말도 안 돼."

승준이 중얼거렸다.

"교수님, 기억을 떠올려 보세요. 정전이 됐을 때, 저희는 창밖이 완전한 어둠으로 가려진 모습을 보았습니다. 사실 그건, 단순한 어둠이 아닙니다. 그러니까, 땅 위의 어둠이 아닙니다. 저희는 그때 바닷속에 있었던 겁니다. 저희가 창으로 본 건 빛이 하나도 없는 해저였습니다. 아마 범인은 부력 제어 장치를 조작해 부력의 크기를 극도로 줄였을 겁니다. 그리고 이곳 수상탑의 문이 유독 무겁고 두꺼운 이유, 특히 문이 열리는 방향이 특이한 이유는……."

"수압, 수압 때문이군. 수압을 버티기 위해."

"맞습니다."

강식이 괴성을 질렀다.

"어! 정전 때 제가 타워 밖으로 현관문을 열려 했는데, 꿈쩍도 안 했어요. 그럼 그게 수압 때문이라는 말인가요?"

"맞습니다."

"학생, 그걸 어떻게 알았지?"

"결정적인 요소는, 잉어였습니다."

"잉어?"

"제가 교수님과 첫날 연못을 구경했을 때, 처음엔 황금 잉어가 있었습니다. 그런데 사건 후 다시 연못을 방문했을 땐 황금 잉어가 없었어요. 모든 잉어가 사라져 있었죠. 처음 저는 누군가 잉어를 훔쳐 간 줄만 알았습니다. 그런데 앞서 있었던 일들이 머릿속에 스쳐 가는 순간, 떠오른 겁니다."

"앞서 있었던 일?"

"꽃입니다."

"꽃?"

"저희가 피트니스 센터의 야외를 조사했을 때, 꽃은 전부 다 죽어 있었습니다. 기억하시나요?"

규리가 외쳤다.

"아, 맞아요. 전부 다 다 말라비틀어져 있었어요."

"그때 상욱 선생님은 비가 엄청 많이 와서 꽃이 죽었다고 했습니다. 그리고 규리 씨는 품속에서 역시 말라비틀어진 꽃을 꺼냈죠. 여기서 눈여겨볼 점은 규리 씨가 품속에서 꽃을 꺼냈다는 점입니다. 저희와 같이 걷던 도중 땅에 있던 꽃을 집어 든 게 아니라는 거죠. 그렇다면 규리 씨는 어디서 꽃을 가져왔을까요? 바로 발코니입니다. 그곳 말고는 없어요. 그렇죠?"

내 말에 규리는 고개를 끄덕였다.

"하지만 그러면 문제가 생깁니다. 규리 씨가 머무는 방은 403호로 작은 방이죠. 그러나 큰 방과 달리 작은 방은 발코니 위쪽이 위층의 발코니로 막혀 있습니다. 실제로 도면을 떠올려 보면 403호의 바로 위쪽에는 종호 선생님의 침실과 연결된 발코니가 있죠. 즉, 그곳에 있던 꽃은 비를 맞을 리가 없습니다. 물론 바람 때문에 일부 비를 맞을 수는 있습니다만, 지상에 있던 꽃과 같은 수준으로 시들어 버린 건 이상하죠. 그렇다면 비 때문이 아니라 무엇 때문이었을까? 꽃들이 말라비틀어진 건, 다량의 소금물을 흡수했기 때문입니다. 바닷물 말입니다. 생각해 보면 제가 발코니에 갔을 때 화분이 넘어져 있고 의자도 나뒹굴고 있었죠. 꽃도 시들었고요. 제 방의 발코니에서도 같은 일이 벌어졌습니다. 여튼, 연못 또한 통째로 바다에 잠기게 되었고, 황금 잉어는 그만 연못의 민물에서 바닷물로 건너가 버린 겁니다. 아마 지금쯤이면 죽었겠죠. 생각해 보면 플랫폼 위는 엉망진창이었습니다. 가로등의 기둥이 휘어지고, 나무들은 죄다 부러졌어요. 꽃은 뿌리째 뽑히기까지 했고요. 처음엔 단순히 매우 강한 비바람 때문에 그렇게 된 줄로만 알았는데 그게 아니었습니다. 플랫폼 전체가 적어도 16m는 되는 수면 아래에 가라앉아 버렸기 때문에 그렇게 된 거였어요. 수심 16m의 압력은 대략 260.4kPa입니다. 모든 것이 박살 날 정도는 아니지만 어느 정도 영향은 가죠."

교수님이 말을 더듬었다.

"잠깐, 잠깐만. 분명 그때, 창밖으로 쿵 하는 소리가 들렸어. 맞지?"

"맞습니다."

"아, 맞아. 학생이 그랬지. 창의 바깥쪽에서 무언가가 창을 세게 치는……. 그런데 학생 말대로라면 그 시점에는 창의 바깥쪽은 바닷속이잖아? 그럼 뭐가 창을 쳤다는 거지?"

"이건 교수님과 저만 아는 사실인데, 제가 휴대전화 라이트를 켠 직후에 쿵 하는 소리가 들렸습니다."

상욱이 헛웃음을 지었다.

"설마, 그 쿵 하고 밖에서 창을 두드린 게, 물고기인가요?"

"맞습니다."

효상이 고개를 끄덕였다.

"휴대전화 라이트의 불빛을 보고 반응한 거군. 내 말이 반은 맞았네. 새가 아니라 물고기긴 했지만."

강식이 말했다.

"휴대전화 라이트라 해 봤자 센 불빛은 아닌데, 그런 불빛에도 반응할까요?"

"심해에서 주로 서식하며 눈이 매우 발달된 어종이라면 가능합니다."

"뭐가 있죠?"

"그건 나중에 말씀드리겠습니다. 여기서, 저희가 처음 했던 논의로 돌아가겠습니다. 제가 '생각이 다음 단계로 물 흐르듯이 자연스럽게 넘어가지 않아'라는 이유로 더 이어 나가지 않았던 논의들 말입니다. 먼저, 가온이 발견된 벤치가 어떤 의미를 갖고 있는가 하는 부분인데, 이건 조금만 더 뒤로 미루겠습니다. 다음으로, 구명 조끼 케이스의 유리입니다. 유리는 왜 깨졌을까요?

이제 그 질문에 대답을 할 수 있습니다."

상욱이 소파에 등을 파묻으며 탄성을 질렀다.

"수압 때문이군요."

"맞습니다. 그리고 두 번째, 가온이 발코니에서 구명 조끼를 입은 채 트램펄린 위로 뛰어내렸다는 부분인데, 이제 이것도 바로잡을 수 있습니다. 가온인 트램펄린 위로 뛰어내린 게 아니라, 바다로 뛰어든 겁니다. 아마 타워와 플랫폼이 바다 아래로 가라앉는 도중이었겠죠. 실내에서 발코니로 통하는 문은 닫아 놓습니다. 그럼 물은 방 안으로 들어오지 않아요. 다만, 가온이 타워의 반 바퀴를 더 돌아 벤치로 향한 이유에 대해서는, 마찬가지로 잠시만 더 미루겠습니다."

다시 목이 말라 물을 한 모금 들이켰다.

"그다음으로, 종호 선생님 사건입니다. 이제 저희는 범인이 도망친 경로, 그리고 이건 어디까지나 제 생각이었지만, '종호 선생님이 발코니에서 최초로 칼에 찔렸다.'에 대한 설명을 할 수 있습니다."

효상이 고개를 끄덕거렸다.

"범인은 수면에서 5층의 발코니로 진입해 종호를 찔렀고, 다시 수면으로 도망친 건가."

"맞습니다."

"그럼 범인은 다시 수면 위로 도망친 후 플랫폼이 부력을 회복해 다시 떠오르면서 지상에 안전하게 착지했다는 건가요?"

강식의 말에 나는 고개를 끄덕였다.

"잠깐. 그럼 아무리 생각해도 범인은 종호잖아. 왜냐면 부력 관련 쪽은 전부 종호가 설계했으니까. 나보고 플랫폼 설계에 참여하지 말라고 한 게 그 이유라면 말이 맞잖아? 그런데 종호도 살해당했어. 그렇다고 자살은 아니잖아?"

"그건 잠시만 기다려 주시죠. 승희 씨 사건을 검토한 다음에요. 승희 씨 사건은 다른 두 건에 비해 까다로웠습니다. 독립 변수를 하나 더 고려해야 하기 때문입니다. 실은 사건이 일어났을 즈음 정전 말고 환경에 다른 변화가 있었습니다. 효상 선생님이 친히 시험까지 하셨죠."

효상이 주먹으로 손바닥을 두드렸다.

"타워가 기울어진 거야!"

"맞습니다."

"그걸 어떻게 고려해야 하는 거지?"

"한 가지 더, 승희 씨 욕조의 사다리로 올라가면 나오는 방, 그러니까 302호 말인데요. 그 방의 발코니로 향하는 문의 아래쪽에 검은색의 작은 물체가 붙어 있었습니다. 효상 선생님의 말씀에 의하면 그건 압력 센서라고 합니다."

"맞아."

"압력 센서라 함은 당연히 압력을 재는 기기입니다. 그리고 압력 하면 지금까지 많이 등장한 단어가 있습니다."

"설마……."

효상이 말을 더듬었다.

"설마…… 수압 말인가?"

"맞습니다."

"하지만 그 방에 물이……. 아, 아, 그러고 보니 방수 시트와 방수 페인트가 발라져 있었어. 이럴 수가."

"무슨 소리예요?"

강식이 물었다.

"그 방에 물이 차 있었다는 소리입니다. 바닷물이요. 타워가 침수할 때, 발코니의 문을 열어 놓습니다. 발코니의 문은 자동으로 닫히지 않죠. 그럼 플랫폼과 타워가 바다 밑으로 가라앉으며 바닷물이 방 안으로 들어옵니다. 그러다가 어느 정도의 물이 방 안에 가득 차 센서에 일정 수압이 가해지는 순간, 신호가 전해집니다. 그 신호는 당연히 문을 자동으로 닫는 장치에 연결되고, 발코니와 방 양쪽에 물이 같은 높이로 채워져 있기 때문에 수압도 같아 문은 닫히게 됩니다. 이제 발코니로 향하는 문까지 왜 그렇게 무거워야 했는지, 그리고 열리는 방향이 왜 특이했냐는 질문에 답할 수 있죠. 더 자세히 따져 보면, 당시 3층의 바닥은 수면 아래 8m 정도의 깊이에 있었을 겁니다. 그렇다면 그 후는 어떻게 되는가. 승희 씨는 앞에서 말한 사정 때문에 욕실로

가 사다리를 내렸습니다. 그리고 사다리를 타고 올라간 뒤에 위쪽의 닫힌 통로를 열었습니다. 그렇게 되면…….”

“엄청난 양의 바닷물이 머리 위로 쏟아지겠군.”

“위층으로 올라가는 통로는 가로, 세로가 1m인 정사각형 형태였습니다. 그리고 302호의 바닥부터 천장까지는 4m입니다. 그렇다면 승희 씨의 머리 위로 4m의 물기둥이 덮치는 셈이 됩니다.”

나는 종이에 그림과 수식 몇 가지를 간단히 적은 후 모두에게 보여 주었다.

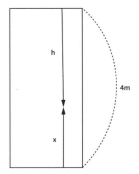

ρ 해수의 밀도, 1025 kg/m³
g 중력가속도 = 9.8m/s²

$$P = \rho gh = \rho g(4 - x)$$
$$F = PA = \rho g(4 - x)$$
$$t = \sqrt{\frac{2h}{g}} \qquad t = \sqrt{\frac{2x}{g}} \qquad dt = \sqrt{\frac{1}{2gx}}dx$$
$$I = \int F dt = \int_0^4 \rho g(4 - x) \sqrt{\frac{1}{2gx}}dx$$

"물기둥이 가하는 압력은 P=해수의 밀도*중력가속도*(4-x)가 되고, 힘은 압력과 면적의 곱인데 면적은 1㎡입니다. 따라서 이 값을 힘의 크기라고 볼 수 있죠. 한편 x의 높이에서 떨어지는 물체가 지면에 닿는 시간은 t=루트(2h/g)입니다. 이 식에서 h는 x가 되므로 t=루트(2x/g)입니다. 한편, 이곳 동해 바다의 해수 온도가 10도이고 염분이 33psu라고 가정할 시 해수의 밀도는 1,025kg/㎥ 정도가 됩니다. T-S 다이어그램을 보면 알 수 있죠. 이 수치는 김서연 교수님께서 알려 주셨습니다. 다시 한번 감사드립니다."

"아저씨! 수학 얘기가 꼭 필요해요? 내가 여기서까지 수학 수업을 들어야 해요?"

용제가 씩씩거리며 따졌다.

"듣기 싫으신 분은 대충 흘려들어도 됩니다. 엄청 중요한 건 아니거든요. 계속하자면, 충격량은 힘과 시간의 곱입니다. 여기서 x의 값은 계속 변하기 때문에 충격량을 구하기 위해선 적분을 해야 하겠죠. 그 식은 제가 써 놓은 대로고, 고등학생 수준의 계산을 하면 24,202라는 값이 나옵니다. 이제 이 값을 물기둥이 모두 떨어지는 데에 걸리는 시간, t=루트(2*4/9.8)로 나누면, 승희 씨가 받은 평균 힘의 크기가 26,787N이라는 결론이 나옵니다. 그런 힘이 머리에 가해지면 즉각적인 두개골 골절과 뇌 손상이 올 수 있죠. 그 충격으로 승희 씨는 바닥에 곤두박질치듯 떨어졌습니다. 게다가 승희 씨는 당시 사다리 위에 있었기 때문에, 머리가 지면에서 최소한 3m 위에 있었죠. 바닥에 부딪히며 한 번 더 충격을 받았을 겁니다. 쨌든, 승희 씨는 바닷물에 온몸이 젖었던 거죠. 기억을 떠올려 보세요. 2층에서 무언가 터지는 듯한 소리가 났을 때, 건물이 약간 기울기도 했잖아요. 그건 3층에서 물이 빠져나가면서 순간적인 부하 제거로 인한 반동이었던 겁니다. 그리고, 처음에 302호에는 물이 가득 들어차 있었습니다. 그래서 건물이 당시 기울어져 있었던 겁니다. 효상 선생님이 기울기가 0.65도라고 하신 것 말입니다."

"그랬지."

효상이 중얼거렸다.

"아저씨, 다 알겠고, 충분히 놀라운데요. 그래서 범인이 누구예요?"

용제가 다시 입을 열었다.

"범인에 다가가기 위해선 조금의 계단을 더 올라야 합니다. 바로 가온일 살해한 흉기죠. 가온인 무언가에 가슴을 찔렸습니다. 그건 꽤 가늘고 기다란, 그리고 단단한 물체일 겁니다."

"흉기를 알면 범인을 알 수 있단 말인가?"

"완벽하게요. 자, 거의 마지막 단계입니다. 여기서 저는, 나름 과감한 생각의 도약을 시행했습니다. 이 생각에는 딱히 근거가 없습니다. 마치 아인슈타인이 '빛의 속도는 어느 관찰자에게나

항상 일정하다.'라는 생각을 직관적으로 해낸 것과 마찬가지입니다. 그럼 말하겠습니다. 종호 선생님을 죽인 범인은 가온입니다."

내 말에 모든 사람들이 입을 벌렸다. 교수님이 중얼거렸다.

"말도 안 돼……."

강식이 소리쳤다. 약간 화가 난 것처럼도 보였다.

"대체 왜 딸이 아빠를 죽여야 했던 거죠?"

"동기에 대해서는, 함부로 추측하지 않겠습니다. 물론, 짐작 가는 건 있긴 합니다. 일단 잠시만 제 말을 더 들어 주셨으면 합니다. 가온인 플랫폼과 타워가 바닷속으로 가라앉는 걸 이용해 수면에 뜬 상태로 5층 발코니로 갔습니다. 종호 선생님은 당연히 놀라서 발코니로 나왔을 겁니다. 아마 눈에 보이는 광경을 쉽게 믿들 힘들었겠죠."

효상의 눈이 커졌다.

"그런……."

"가온인 칼로 종호 선생님의 목을 그었습니다. 선생님은 문 쪽으로 도망쳤죠. 가온인 도망치는 선생님을 쫓아가며 계속해서 여러 번 목을 그었을 겁니다. 상처의 모양이 그러했죠. 선생님은 어쩌면 가온이를 쉽게 제압할 수 있었을지도 모릅니다. 하지만 그러지 않은 건 범인이 자신의 딸이고, 딸이 자신을 죽이려 하는 이유를 깨달았기 때문이 아니었을까요. 발코니와 그 근처 바닥에는 물이 흐른 부분이 있었습니다. 그건 물에 젖은 가온이 발코니에서 안으로 들어왔기 때문이었죠. 여튼 선생님은 중간에 힘이 빠졌는지 소파 위에 누웠습니다. 다만 바닥에 쓰러진 게 아니라 일부러 소파 위에 누운 걸 보면 그 시점에선 아직 외부에 소식을 알릴 힘은 남아 있었을 수도 있습니다. 그러지 않은 이유는 앞서 말한 바와 같습니다. 계속하겠습니다. 원래 가온인 다시 타워와 플랫폼이 수면 위로 솟게 하려 했을 겁니다. 원격 장치를, 옷 안에 있던 휴대전화를 조작해 부력을 다시 회복해서요. 저는 사실 가온이 입고 있던 옷의 주머니에서 휴대전화를 몰래 빼냈습니다, 조사를 해 보니 'untitled'라는 이름의, 용도를 알 수 없는 애플이 깔려 있더군요. 후에 정밀한 조사를 거치면 분명 그러한 용도였음이 밝혀질 겁니다. 가온인 버튼을 눌러 다시 플랫폼이 떠오르게 했습니다. 그 휴대전화에는 통화와 메시지를 주고받은 흔적은 없고, 애플리케이션도 전부 기본적인 것들이었습니다. 단 하나 'untitled'라는 이름의 애플 빼고요. 그렇다면 그 휴대전화의 존재 목적은 오직 그 애플을 위함이고, 그런 휴대전화를 가진 채 죽었다면 관련이 있다고 보는 게 자연스럽죠."

"그래서, 그때 범인이 가온이를 살해했단 거야?"

"……그렇습니다."

"잠깐, 우리 중 누구도 타워와 플랫폼이 물에 잠겼다 뜬다고 생각하지 못했잖아? 그럼 범인이 누구지?"

"……우리 중에 범인은 없습니다."

"그게 무슨 소리야?"

"아까 제가, 4층의 유리 벽을 밖에서 쿵 친 것이 물고기일 것이라고 말했습니다. 강식 선생님, 아까 요새 동해에서는 뭐가 잡히냐고 하셨죠?"

"맞아요."

"제가 이곳에 온 첫날, 종호 선생님이 저와 교수님께 설명한 게 있습니다. 지구 온난화가 우리나라에 끼친 영향을요. 올여름 우리나라의 바다는 전 지구상에서 가장 뜨거웠습니다. 정확히는 가장 많이 수온이 증가했다는 뜻입니다만. 쨌든, 그 때문에 동해 바다에는 많은 어종이 사라지고, 또 나타났습니다. 꼬막의 개체 수가 급감하고, 아열대성 어종이 눈에 띄게 증가했다고 하셨죠. 그중 하나, 눈에 띄게 증가한 어종이 있습니다. 그건 바로……황새치입니다."

몇 초간 침묵이 흐르고 효상이 벌떡 일어섰다.

"말도 안 돼!"

"가온이 원격 장치를 가동해 타워와 플랫폼이 다시 상승하기 시작하던 때, 가온인 황새치의 습격을 받고 사망한 겁니다. 아마 휴대전화의 불빛이 영향을 줬겠죠. 정전이 됐을 때 유리 벽을 밖에서 쿵 하고 쳤던 존재도 황새치입니다."

규리가 중얼거렸다.

"그런 일이……."

"모두들 황새치의 생김새 정도는 아시겠죠. 가온인 황새치의 주둥이에 찔려 사망했습니다. 플랫폼이 상승하는 동안 가온이의 몸은 수면에 뜬 상태로 이리저리 움직였겠죠. 그러다가 마침내 플랫폼이 수면 위로 모습을 드러내고, 가온이는 플랫폼 위의 땅에 놓이게 됩니다. 하필 그곳이 벤치였던 거죠. 우연이었던 겁니다. 벤치라는 특정 장소는 의미가 없다는, 역추적을 통해 얻은 아까의 결론과도 부합하는 거죠."

"그럴 수가."

강식이 고개를 절레절레 저었다.

"궁금한 게 있어요."

승준이 손을 들었다.

"만약 건물이 수면 아래로 가라앉을 때 누군가가 발코니에 있었다면 어떻게 되는 거죠? 정전이 돼서 앞은 안 보인다 해도 바닷물이 발코니로 밀려드는 걸 모를 순 없잖아요."

"맞습니다. 그래서 가온인 이곳에 엄청난 양의 비를 내리게 한 겁니다. 누구도 발코니에 나오지 않고 문을 꼭 닫고 안에 있도록 하기 위해서요."

"그 애가 그랬다고?"

효상이 소리를 질렀다.

"가온이는 보통 천재가 아닙니다. 제 생각에는, 아마 아빠가 방글라데시에서 드론을 이용해 날씨를 조작한 사실도 눈치를 챘을 것 같아요. 2년 전 그날 방글라데시의 강수량이 평소와 너무 달랐기 때문에 충분히 그럴 가능성이 높습니다. 곧 가온인 아빠가 했던 방법을 알아냈겠죠. 아빠의 컴퓨터를 해킹했거나 해서요. 가온이 이곳에 엄청난 양의 비가 오게 한 것은 단순히 우리의 발을 묶어 두기 위함만은 아니었던 겁니다."

"폭탄은? 타고 온 보트를 망가뜨렸잖아?"

효상의 말에 나는 고개를 끄덕였다.

"맞습니다. 그건 아마, 종호 선생님을 살해한 뒤 승희 씨가 행여나 도망가려는 걸 방지하기 위해서였을 겁니다. 휴대전화가 안 터지는 것도 가온이 꾸민 일일 텐데, 마찬가지 목적이겠죠. 적어도 승희 씨의 죽음이 확인되기 전까진 우리의 발을 묶어 둬야 했을 거예요."

"살인을 저지를 거면 왜 굳이 우리를 초대한 거지?"

"우리를 초대한 사람은 종호 선생님이었습니다. 가온인 난감했겠죠. 원래대로라면 이곳에는 직원만 있고 가온이 그 둘을 죽이면 되는 간단한 일입니다. 부력 제어 장치를 조작해서요. 물론 이번이 아니어도 범행을 저지를 기회가 있었다면 그렇게 했을 겁니다. 그러지 않았던 건 지금까지는 그럴 여건이 안 되었거나, 또는 반드시 이번에 범행을 저질러야 할 필요가 있었을지도 모릅니다. 쨌든, 가온인 그 대신 사람들을 이곳에서 못 나가게 했습니다. 아마 지금 휴대전화가 터지지 않는 것도 가온이 무언가 손을 써 뒀기 때문일 거예요. 효상 선생님은 옥상에 대해선 잘 모른다고 하셨죠. 가온이 뭔가 손을 써 뒀지 않았을까요. 옥상에 휴대전화를 터지지 않게 하는 장치를 설치했을 수 있습니다. 전파 방해라든지요. 우리를 여기에 가두는 기간은 며칠일 수도 있고, 매우 오래일 수도 있습니다."

용제가 소리쳤다.

"그래서 아저씨, 이제 우리는 어떡해요? 아직도 휴대전화가 안 터지잖아요."

"우선 다 같이 최대한 위로 올라가는 게 좋겠습니다. 가온이 죽은 지금, 이곳을 바다 밑으로 가라앉히게 할 사람은 딱히 없어요. 아마 건물이 하강과 상승을 반복하면서 부력을 제어하는 부분에 무언가 이상이 생긴 듯합니다. 아까 저와 교수님이 바깥에 있었을 때부터 바닷물은 밀려들어 왔으니까요. 물론 끄떡없을 수도 있지만, 무언가 잘못됐다면 이곳도 더 이상 안전하지 않을 수 있습니다. 일단은 위로 올라가서 생각하죠."

다행히 타워 내부에 물이 새진 않았지만 순식간에 바닷물은 5층의 바닥까지 도달했다. 우리는 모두 옥상으로 올라왔다. 그렇다고 마땅한 방법이 있는 건 아니었다. 갑자기 헬기가 날아올 가능성은 거의 제로에 가까웠다. 타워에 상주하는 직원들은 1층의 보안관리실에서 어떻게든 건물의 침수를 막기 위해 사투를 벌였지만 진전은 전혀 없는 듯했다.

이대로 있다간 타워 전체가 수장될 위기다. 부력을 제어하는 부분이 어떻게 고장 났는지는 모르겠지만, 만약 이대로라면 타워는 수심 몇 미터까지 내려갈까. 만약 타워의 기밀성이 매우 뛰어나 물이 전혀 새지 않는다고 해도, 타워 내의 공기에 의한 부력이 플랫폼과 타워 전체가 받는 중력보단 약할 게 뻔했기에 이대로라면 동해의 해저 바닥까지 도달하게 된다. 물론 그 전에 엄청난 수압을 못 이기고 물이 새기 시작할 수도 있다. 아니, 분명 그럴 것이다. 그렇게 된다면 여기 있는 사람들은 모두 죽은 목숨이다.

사람들은 헬기 착륙장 한가운데에 모여 오지도 않을 헬기를 기다리고 있었다. 나는 주위를 둘러보았다. 옥상의 한쪽 구석에 수많은 안테나들이 설치되어 있었다. 여전히 휴대전화는 안 터진다.

"효상 선생님, 종호 선생님이 왜 굳이 카드키를 지문 잠금 케이스 안에 넣었냐고 물으셨죠?"

"아, 아깐 그랬지. 하지만 이젠 상관없어. 어차피 나는 죽을 거니까. 다 같이 죽을 테니 외롭진 않겠지만."

"가온이는 분명 옥상에 전파 방해 장치를 설치했을 겁니다. 그랬다면 당연히 옥상에 자주 올라왔을 겁니다. 그리고 옥상으로 올라오려면 반드시 종호 선생님의 방을 거쳐야 하죠. 종호 선생님은 그게 껄끄러웠던 것 아닐까요? 아무리 딸이지만 자신의 공간에 막 들락날락하는 게 말입니다. 카드키를 복사할 거라 생각했을 수도 있고요. 그리고 종호 선생님이 가온이에게 살해당할 때 딱히 크게 저항을 하지 않았다고 했잖아요. 딸이 자신을 죽일 이유를 어느 정도 알고 있었는지도 모르겠습니다."

"그 이유가 뭐지?"

"방글라데시 기후 조작입니다. 그 때문에 딸이 후원하던 아이가 죽었잖아요. 종호 선생님은 가온이 그것을 알아차린 것을 눈치챘을지도 모릅니다. 그래서 더더욱 가온이 자신의 공간에 들어오는 것을 경계했던 거죠."

옆에서 가만히 얘기를 듣고 있던 강식이 말을 꺼냈다.

"그렇다면 말이 조금 안 맞는데요. 종호가 딸을 경계하고 있었다면 딸이 자신을 살해하려 했을 때 더더욱 저항을 크게 하지 않았을까요?"

나는 고개를 끄덕였다.

"맞습니다. 경계는 했지만, 가온이 칼로 처음 자신의 목을 찔렀을 때 선생님은 모든 것을 내려놓았는지도 모르겠습니다. 딸에 대한 미안함 때문일까요. 전부터 선생님과 가온이는 사이가 딱히 좋지 않다고 했잖아요. 어쩌면 가온이 대학을 자퇴한 것도 선생님의 압력이 있었을지도 모르고요."

"그럼 그때부터 살의가 싹텄단 건가?"

"그건 모르겠습니다."

상욱이 끼어들었다. 승준은 자리에 주저앉아 울고 있는 규리를 위로하고 있었다.

"그나저나, 종호가 하려 했다던 중대 발표 말이에요. 그건 뭐였을까요. 당사자가 죽어 못 듣는다는 게 아쉽네요. 아니, 내가 죽어서 못 듣는 건지도 모르겠습니다."

"그거라면 하나 짐작 가는 게 있습니다."

내 말에 상욱의 눈이 커졌다.

"뭐죠?"

"결혼 발표입니다."

"결혼?"

효상이 내 말을 따라 했다.

"저와 교수님이 처음 종호 선생님을 항구에서 만났을 때, 종호 선생님이 교수님께 '결혼 상대는 있냐.'고 물으면서 '나야 있긴 하지.'라고 말하셨거든요. 그리고 종호 선생님의 여자 친구는 승희 씨였죠. 물론 그 있다는 결혼 상대가 승희 씨의 다음 타자일 수도 있긴 합니다. 종호 선생님은 워낙 바람을 자주 피웠으니까요. 하지만 선생님께서 승희 씨에게 '방에서 나오지 말고 있어라.'라고 한 걸 보면, 아마도 깜짝 이벤트를 할 생각이 아니었나 합니다. 프러포즈를 하며 결혼반지라도 끼워 주려고. 그다음, 둘이서 다른 사람이 있는 로비로 내려오는 거죠. 어쩌면 의상도 따로 준비했을 수도 있겠네요."

효상의 목소리가 가라앉았다.

"그렇다면…… 정말 슬픈데."

그때 승준이 다급하게 외쳤다.

"큰일 났어요! 바닷물이 옥상까지 올라오게 생겼어요!"

우리는 서둘러 옥상에서 내려와 5층 종호의 방에 있는 휴식 공간에 도착했다. 창밖을 본 우리는 경악했다. 5층 주변은 바닥부터 천장까지 전부 바닷물이었다. 5층이 완벽하게 바닷속으로 가라앉은 것이다.

"흐흐흑……."

규리가 어깨를 부들부들 떨며 오열하기 시작했다. 강식이 효상에게 물었다.

"이봐요. 이 건물, 어느 정도의 수압까지 버틸 수 있죠?"

"그걸 내가 어떻게 알아! 난 타워가 바다 밑으로 가라앉는다는 사실을 몰랐다고!"

그때였다. 용제가 난데없이 비명에 가까운 소리를 질렀다.

"이거 봐요! 이거 봐요!"

용제가 우리에게 자신의 휴대전화 화면을 보여 주었다. 메모장이었는데, 첫 줄에 커다란 글씨로 '유서'라고 적혀 있었다. 효상이 콧방귀를 뀌었다.

"유서를 적는 게 뭐 대단한 일이야? 음, 나도 적어 볼까."

"그게 아니라! 안테나를 보세요!"

용제는 휴대전화의 오른쪽 맨 위를 가리켰다. 그곳에는 배터리 잔량과 함께 안테나 기호가 표시되어 있고…….

"오오! 휴대전화가 터져!"

효상이 소리를 지름과 동시에 강식은 어딘가로 전화를 걸었다.

"119죠? 저희 좀 살려 주세요!"

에필로그

그로부터 일주일 뒤인 어느 날 오후, 나와 교수님은 학교 근처 카페에 있었다.

당시 옥상 전체가 잠기면서 옥상에 설치된 고출력의 전파 방해 장치가 작동을 멈추었고 기적적으로 휴대전화가 터졌다. 이후 직원을 포함한 전부는 한 명도 다치지 않고 무사히 탈출했다. 얼음방에 있던 시신을 거두어 갔고, 전원이 경찰 조사를 받았다. 특히 나는 시신을 건드렸다는 이유로 죄인처럼 집요한 취조를 당해야 했다. 덕분에 이틀 동안 몸져누워 있다가 이제야 연구실에 출근한 것이다. 경찰은 내가 사건을 어느 정도 해결한 것에 대해선 아무런 관심이 없는 듯했다.

"몸은 괜찮아?"

"괜찮습니다."

"몇 가지 알려 줄 게 있어. 이건 형사 친구에게 들은 건데."

"말씀하시죠."

"먼저 가온이 입고 있던 구명 조끼는 예전에 배에 있던 것 중 하나를 몰래 빼돌렸던 건 거 같아. 그리고 가온이의 시신을 부검한 결과 상처 부위에서 황새치의 주둥이 조각이 발견됐어. 역시네 추리가 맞은 거야."

"그렇습니까."

"더 좋아해도 되지 않을까?"

"글쎄요."

"그리고 수상탑 5층 종호의 서랍장에 반지 케이스가 있었어. 게다가 예식장도 승희 몰래 알아보고 있었다고 해. 이 역시 네 추리가 옳은 거야."

"그렇군요."

"가온이와 종호의 자택도 조사했는데, 가온이의 노트북에서 일기가 발견됐어. 그 일기에는 종호와 승희를 증오하는 내용으로 가득했대."

"종호 선생님께서 가온이가 후원하던 아이를 죽였다고 해석할 수 있으니까요."

"그것도 그런데, 그 둘이서 평소에 가온이 후원하는 아이, 이름이 타스니마였나? 현지 언어로는 똣나라고 불린다던데, 여튼 그 소녀를 못마땅하게 본 거 같아."

타스니마······. 그런 거였나.

"왜죠?"

"감사할 줄 모른다면서, 기어오른다고 했다네."

"말도 안 돼요."

"실제로 종호는 방글라데시에서 연구를 하며 방글라데시 사람들을 엄청나게 무시했다더라고. 인종 차별 수준으로 말이야. 눈에 보이는 것도 싫어했어. 승희는 더 말할 것도 없고. 둘은 일종의 가난 혐오를 가지고 있었던 것 같아. 가온이의 일기에 의하면, 두 사람은 '못사는 나라에서 개고생하느니 죽어서 새로 태어나는 게 낫다.'라는 말도 했다고 해. 자신의 실험으로 방글라데시에 기록적인 폭우가 내려 많은 희생자가 나왔다는 뉴스를 보고 승희가 '바람이 이루어졌네.'라고도 말했다더군. 이 모든 건 가온이가 둘의 방에 몰래카메라와 도청기를 설치해서 알아냈다고도 적혀 있어. 녹음 영상과 음성 파일도 저장되어 있었고."

죽어도 싸다는 말은 못 하겠지만, 본인들이 왜 살해당했는지 그 이유를 지옥에서 들으면 납득하긴 할 것이다.

"그렇군요. 가온이가 승희 씨까지 살해한 이유는 몰랐거든요. 아, 한 가지 궁금했던 게 있어요. 가온인 왜 종호 선생님을 죽이면서 동시에 승희 씨까지 처리하지 않았을까 하는 점이요. 그런데 얘기를 듣고 보니 그 이유를 알 것 같네요. 가온인 승희 씨가 종호 선생님의 시신을 목격하게 하고 싶었는지도 몰라요. 공포감을 심어 주는 것 자체가 목적이었을 수도 있겠지만, 그 때문에 승희 씨가 방 안에 틀어박히게 유도한 걸지도 모릅니다. 미리 설치한 시한폭탄이 터졌을 때 승희 씨가 방 안에 있어야 범행을 저지를 수 있으니까요."

"아, 맞아. 수상탑에서 가온이 범행을 저지른 날짜와 방글라데시에서 타스니마라는 소녀가 죽은 날짜가 같더라고."

"그랬군요, 그래서 그날을."

"그리고 종호가 코인으로 4천억이 넘는 수익을 올렸다 했잖아. 그것도 사실 가온이 한 것 같아. 가온이의 노트북에서 정확히 4천억이 넘는 코인 거래 기록이 발견됐거든."

"허, 대단하네요."

"수상탑에 대한 얘기를 하자면, 먼저 204호의 문이 유독 무거웠던 점 말이야. 비상시에 204호를 셸터로 사용하기로 한 듯해. 승희는 그걸 감안하고서라도 204호를 원했나 봐. 저층인데다 먼 바다 쪽을 향해 있어서 그랬는지는 모르겠네. 노트북에선 플랫폼 아랫부분의 부력을 담당하는 부분과 관련된 소프트웨어를 조작한 흔적도 발견됐어. 허니콤 셀에 공기 대신 물을 채워 넣으면 부력이 줄어들어 플랫폼이 가라앉고, 다시 물을 빼내고 공기를 채우면 떠오르는 구조래. 옥상에 설치한 전파 방해 장치에 대한 정보도 있었고. 그리고 태풍 이끼에 대한 데이터도 있었는데, 아무래도 가온인 이끼 또한 종호가 기후 조작으로 만들었다고 의심한 것 같아. 이끼의 세력이 정말로 강했잖아?"

"태풍 이끼를 한 사람의 힘으로 만들었다고요?"

"그건 가온이 그렇게 생각했다는 거고, 전문가들이 가온이의 분석을 분석해 보니 일부 오류가 있었나 봐. 게다가 종호의 모든 컴퓨터도 수색했는데, 방글라데시 날씨 조작 증거는 있었지만 이끼와 관련된 자료는 없었거든."

역시 가온도 천재이기 전에 인간이었나. 아니면 자신의 아빠가 태풍 이끼의 세력을 키웠다고 의심을 한 상태였기에 객관적인 분석이 힘들었던 걸까.

"그럼 태풍 이끼의 비정상적인 세력은 어떻게 설명해야 하나요?"

교수님은 어깨를 으쓱했다.

"그러게."

"아, 이건 그냥 궁금한 건데요. 그분은 교수님을 왜 초대했던 거죠?"

교수님이 갑자기 씩 웃었다.

"어머, 그게 계속 신경 쓰였니?"

"다른 의미가 있는 건 아니고요. 그러지 않았다면 저희가 그런 사건에 휘말리진 않았을 테니까요."

"이유는 나도 모르겠어. 여러 명의 전 애인들 중에 내가 제일 나아서였을까."

"다른 분들은 어떻게 지내시죠? 그리고 수상탑은 어떻게 되는 건가요?"

"딱히 얘기할 게 있을까. 다들 본업으로 돌아갔어. 규리는 석사 논문을 해양 부유 도시로 쓴다는 계획을 수정했어. 아무래도 충격이 컸나 봐. 그리고 김상욱 씨는 방글라데시에서 지하수 정수 사업을 철수했어. 비밀이 까발려진 마당에 계속하긴 힘들겠지. 경찰 조사를 받는다고 듣긴 했어."

사실 규리에 관한 얘기는 어느 정도 들었다. 수상탑에서 구조되던 그날 그만 얼떨결에 규리와 휴대전화 번호를 교환했기 때문이다. 아직 아무 관계도 아니다. 다만 교수님이 그 사실을 몰랐으면 했다. 그래서 방금 다른 사람들에 대한 질문을 한 것이다.

"수상탑은 나라에 귀속될 거라고 하더라고. 아, 가지고 온 게 하나 있어."

교수님이 백팩에서 무언가를 꺼냈다. 가온이 안고 있던 분홍색 펭귄 인형, 타스니마였다.

"이걸…… 왜 가지고 오신 거죠?"

"형사 친구가 조사차 보관하고 있던 건데 폐기할 때 내가 달라고 했어. 뭔가…… 그래야만 할 것 같잖아. 지금 같이 가온이의 유골이 안치된 납골당에 가서 인형을 놔두고 오자. 어때?"

"지금은 교수님이 말씀하신 논문을 읽어야 하는데요."

"그건 갔다 와서 해도 되잖아."

"하지만 랩 미팅이 내일인걸요. 그때 발표를 해야 하는데."

"그 정도면 하룻밤만 새우면 간단하지 않아?"

그렇다. 간단하지 않다.

나는 교수님과 함께 카페를 나왔다. 차가운 바람이 한차례 불어와 몸을 휘감았다.

"운전은 네가 해 줄래?"

갑자기 콧물이 주르륵 흘렀다.

작가의 말

『수상탑의 살인』에 나오는 탐정역인 한규현은 제가 계간 미스터리 신인상으로 데뷔했을 때 썼던 데뷔작에 등장하는 인물입니다. 당연히 무한한 애정을 가지고 있습니다. 초기에는 다소 냉소적이었고 그게 매력이 아닐까 했지만, 그 후 몇 작품을 진행하고 다른 작품도 쓰면서 생각이 바뀌었습니다. 그가 조금 더 부드럽고 원만한 삶을 살았으면 하는 바람이 생겼습니다. 너무 시니컬하기보단 둥글게 사는 것이 규현의 남은 인생에 더 도움이 될 것 같기 때문입니다. 그러면서 저 또한 좀 둥글게 살아야지 하는 생각을 했습니다.

　규현이 등장하는 단편은 현재 세 편이 공개되었습니다. 그중 신인상 데뷔작을 포함한 두 편이 발표된 책은 현재 구할 수 없고, 나머지 한 편은 『명탐정6』에 실린 「불온한 손」입니다. 후에 단편을 더 써서 분량이 어느 정도 확보되면 단편집으로 내고 싶습니다. 『수상탑의 살인』과 함께 읽는다면 점점 변화하는 규현의 모습을 볼 수 있을 것입니다.

탐정 일인칭으로 전개되는 추리소설을 좋아합니다. 기존의 본격 미스터리는 일인칭이라면 거의 탐정을 지켜보는 조수의 시점이고, 아무래도 그게 쓰는 데 있어 쓰기도 편하면서 이점이 크다고 생각합니다. 탐정과 함께 행동하며 독자와 같은 입장에서 탐정의 추리에 감탄할 수 있기 때문입니다. 대표적으로 홈즈와 왓슨이 있죠. 그래서 어느 정도 정형화되어 있기도 합니다. 하지만 저는 탐정 본인의 시점으로 보고 듣고 생각하는 형식에 도전하고 싶었습니다. 탐정으로서의 고뇌도 그려 더욱 독특하고 멋진 탐정 캐릭터를 만들어 보고 싶었습니다.

이번 작품의 주요 키워드는 지구 온난화로 대표되는 기후 위기인데요. 꽤 오래전부터 기후 위기에 대한 관심이 있었습니다. 실로 심각한 상황이라고 느꼈고, 주요 선진국들의 결단이 필요한 시점입니다. 다만 저 개인이 할 수 있는 일이 많지는 않다고 느꼈습니다. 그래서 안타까움을 느끼던 참에, 기후 위기를 소재로 하는 작품을 쓴다면 독자들에게 그 심각성을 알릴 수는 있지 않을까 하는 생각을 했습니다. 일단 관심을 갖는 것부터 해결의 시작이기 때문입니다. 다만, '기후 소설'이라는 거창한 이름을 붙이고 싶진 않습니다. 작중 가온이 '이제 지구 온난화는 돌이킬 수 없다'며 매우 절망적인 전망을 내놓는데, 제가 기후 전문가가 아니라 잘은 모르겠지만 그건 아닐 겁니다. 실제로 공기 중 이산화탄소를 포집하는 많은 기술이 연구되고 있다고 합니다. 저는 당연히 지구의 정상화를 바랍니다.

우리나라도 주변 바다의 어종이나 육지의 생물 등 많은 것이 지구 온난화에 의해 바뀌고 있습니다. 안타까운 일입니다.

『수상탑의 살인』으로 본격 미스터리의 로망인 클로즈드 서클과 밀실 살인을 쓰게 되어 기쁩니다. 사실 제 데뷔작도 클로즈드 서클과 밀실 살인의 결합이었습니다. 데뷔작과 같은 느낌으로 쓰게 되어 더욱 뿌듯합니다.

이 소설을 쓰며 머릿속에 떠올렸던 작품은 시마다 소지의 『기울어진 저택의 범죄』, 모모노 자파의 『별에서의 살인』, 모리 히로시의 『모든 것이 F가 된다』로 대표되는 사이카와 모에 시리즈입니다. 특히 저는 『기울어진 저택의 범죄』를 참 좋아하는데, 제 기준에서 이 작품은 트릭이 99%를 차지하는, 트릭이 전부인 작품이지만 그 트릭이 정말 기발합니다. 저는 원래 트릭이 대부분인, 트릭을 알면 범인을 알 수 있는, 범인은 아는데 트릭을 모르는 추리소설, 그리고 그 트릭이 매우 기발한 추리소설을 좋아하고, 그걸 쓰고 싶었습니다.

그동안 몇몇 앤솔러지 등 단편을 발표했지만 『수상탑의 살인』으로 이번에 첫 장편소설을 발표하여 어찌 됐든 추리소설 작가로서 한 걸음을 더 내디딘 것 같아 뿌듯합니다. 지금도 특수 설정을 포함해 구상하고 있는 장편소설 아이디어가 많으니 앞으로 계속해서 장편을 많이 내며 더 발전된 모습을 보여 드리겠습니다.

　　끝으로 예상보다 길어진 집필 기간을 오랫동안 끝까지 기다려 주신 출판사 관계자분들과, 원고를 읽어 주시고 유익한 의견을 주신 한국추리작가협회 박건우 작가님께 영원토록, 무한한 감사를 드립니다.

2025년 2월
김영민

수상탑의 살인

초판 1쇄 인쇄 2025년 3월 20일
초판 2쇄 인쇄 2025년 5월 21일

지은이 김영민
편집 주자덕
윤문 및 교정 김미숙
발행인 주자덕
인쇄 미래피엔피
펴낸 곳 아프로스미디어
출판등록 제 2016-000073호
주소 서울특별시 성동구 금호로 173, 101동 904호
전화 02-6352-5133
팩스 02-6455-5891
홈페이지 www.aphrosmedia.com
전자우편 spitz70@aphrosmedia.com
ISBN 979-11-89770-61-7 (03810)